'N포 세대'

1%의
생각경영!

박상준 지음

'N포 세대' 1%의 생각경영!

초판인쇄	2018년 6월 08일
초판발행	2018년 5월 15일

지 은 이	박상준
발 행 인	조현수
펴 낸 곳	도서출판 더로드
마 케 팅	최관호 최문섭
IT 팀장	신성웅
편 집	Design one
디 자 인	Design one

주 소	경기도 고양시 일산동구 백석2동 1301-2
	넥스빌오피스텔 704호
전 화	031-925-5366~7
팩 스	031-925-5368
이 메 일	provence70@naver.com
등록번호	제2015-000135호
등 록	2015년 06월 18일
I S B N	979-11-87340-74-4

정가 15,000원

'N포 세대'

1%의
생각경영!

박상준 지음

도서출판 **더 로드**
The Road Books

CONTENTS

제3장
생각경영이 이루어낸 드림(DREAM) 프로젝트는? [첫 번째 이야기]

제4장
바탕이 된 드림(DREAM) 프로젝트가 있다면? [두 번째 이야기]

제5장
그래, 계속 도전하는 자세를 갖는 거야! [세 번째 이야기]

제6장
봤지? 한마디 말보다 행동이 훨씬 중요해! [네 번째 이야기]

'자기암시(생각경영)란 무엇인가?'

어릴 적, '자기암시'라는 단어를 처음 들었는데 나를 위한 동시를 짓는 것인 줄로만 알았다. 의미 자체가 다른 말이었지만, 그걸 알기엔 너무 어렸으니까. 그랬던 내가 현재 대한민국에서 20대 청춘의 중심으로 살아가면서 자기암시가 정말 중요하다는 것을 깨닫게 되었다. 어떤 일을 시도하고, 진행하고, 완료하는 과정에서 찾아오는 나와의 싸움에서 승리를 거두는 것부터가 자기암시의 가장 첫 단추가 된다는 사실을 정말 크게 깨닫게 되었던 것이다.

이 책을 시작하는 과정도, 써나가는 과정도 모두가 자기암시의 연속이었다. '나는 할 수 있어. 그러니 포기하지 말자.'라는 동기부여가 되는 생각들이 시시때때로 내 머릿속을 휘감았고, 조금이라도 힘들 때면 긍정적인 암시들이 튀어올라 눈에 밟히기도 했기 때문이다.

나처럼 좌충우돌로 살아가는 청춘들에게 전해드리고 싶은 말씀이 있다. 그것은 바로 어떤 일이든 '쉽게 포기하지 말라.'는 말씀이다.

오늘 할 일은 오늘 처리해야 한다. 오늘 할 일을 내일로 미루다 보면, 곧 미루는 것이 습관이 되어 버리고 스스로에게 치명적인 마이너스가 된다. 물론 완성을 시켜간다는 것이 쉽지만은 않다는 것은 충분히 알고 있다. 그러나 오늘의 일을 내일로 미루고, 적극적인 행동보다 귀찮음 가득한 행동들을 취하다 보면, 어느 샌가 포기하는 것이 당연하다는 듯 대수롭지 않게 넘기게 될 것이기 때문이다.

내가 글쓰기를 좋아하던 사람에서 작가가 되고, 저자가 될 수 있었던 것도 오늘의 목표로 생각했던 소소한 일들을 끊임없이 메모지에 적고 체크하면서 오늘 완성해나갔기 때문에 가능했던 일이다. 만약 '어떤 내용으로 써야 할까?', '큰일 났다. 쓰다 보니 막히네?'라는 생각만으로 미루기 시작했더라면, 아마 지금의 내 모습은 상상 속에서나 가능했을는지도 모른다. 책을 써나가는 저자가 아닌 작가로 등단조차 하지 못했을 지도 모른다. 그러나 나는 끊임없는 자기암시로 계속해서 단련해나갔다. 물론 어려웠다. 힘들었다. 쉽지 않았다. 그러나 모든 것은 이겨내고 나면 행복과 성취감으로 평생 느낄 수 있다는 것을 알았으면 좋겠다.

나는 요즘 주변사람들을 대상으로, 혹은 신청자 분들을 대상으로

[드림플랜(Dream Plan) 컨설팅]을 진행하고 있다. 항상 처음 시작할 때 컨설팅 받고자 하는 분들에게 여쭤본다.

"당신의 꿈은 무엇입니까?"

"꿈이 있다면 꿈을 위해, 꿈이 없다면 꿈을 갖기 위해 자기암시를 통한 노력은 하고 있습니까?"

그러나 그 질문에 소신을 이야기 하거나, 자기암시를 하면서 노력하고 있다는 시원한 답변을 들었던 적은 없었다. 그래서 말한다. 자기암시는 꿈과 목표를 설정해 이루어나가는 일에 있어서도 매우 중요하며, 사회생활을 시작하는데 있어서도 아주 중요한 일이라고 말이다. 나도 이런 말을 하게 될 줄은 몰랐다. 그저 이런 말을 해주시는 어른들을 볼 때면, 또 잔소리 한다고만 생각했었다. 그런데 지금에 와서 가만히 생각해보면 그 어떤 말씀보다 피가 되고 살이 되는 말씀이었던 것 같다.

그러니 지금부터 나와 함께 '자기암시란 무엇인가?'를 시작으로 '왜 자기암시가 바탕이 되어야 하는 것인가?'에 대해 배워보고, 자신만의 암시능력으로 각색해 실행에 옮길 수 있는 사람이 되어보자. 누구나 할 수 있고, 아무나 할 수 있는 일임을 반드시 알아주었으면 좋겠다.

"대한민국 청춘 파이팅!"
(자기암시 = 생각경영)

제1장

· · · · ·

생각경영을 위해
바탕에 두어야
할 요소들은?

'N giving up Generation'

Go for it with self-suession!

생각경영을 위해
바탕에 두어야 할 요소들은?

01단계.

'나는 할 수 있다!'

우리는 흔히 '나는 할 수 있다'라는 말을 들어가면서 성장한다. 소크라테스의 '너 자신을 알라.'라는 말도 함께. 그러나 과연 우리는 명언처럼 생각하고, 행동하며, 노력하는 자세를 갖추었다고 말할 수 있을까?

위와 같이 말하는 나도 한때는 아주 부정적인 사람이었다. 자신이 원하는 무언가를 완성하거나 쟁취하는 사람들, 성공의 길로 들어서는 사람들은 특별함을 지녔을 것이라고 생각하면서 그들에 대한 부러움만으로 10대 시절과 20대 초반을 보냈으니까. 자기암시가 얼마나 중요한지, 긍정적인 마인드가 얼마나 필요한 것인지 정말 아무것도 몰랐으니까.

그랬던 내 자신이 책을 쓰는 저자가 되었다. 문학 작가가 되었고, 꿈드림코치가 되었으며, 드림플랜 컨설턴트가 되었다. 과연, 이 모든 것은 나 역시나 남다른 무언가가 있어서였을까? 만약 그렇다고 생각하시는 독자 분들이 계신다면 당당히 "그렇지 않습니다."라는 말씀을 전해드리고 싶다.

'상준아. 넌 왜 못할 거라고 생각해?'
내 스스로에게 아주 많이 했던 공격적인 질문이었다. 비록 대답까지 공격적으로 하진 못했지만, 질문을 받으면서 느꼈던 것이 있다면 '그러게. 나는 왜 못해야 할까?'였다는 것이다.

그때부터였던 것 같다. 나는 할 수 있다는 생각으로 하루하루 임하게 된 계기로 다가왔다. '그래! 나를 한번 바꿔보자. 나는 할 수 있는 사람이니까.'라는 희망 가득한 생각이 머릿속을 지배하다시피 했다. 생각이 바뀌다 보니 많은 것들이 바뀌게 되었던 것 같다. 먼저 내 삶에 대한 목표가 좀 더 확고해졌고, 하면 된다는 전문가적인 마인드가 생겼으며, 내가 원하는 바를 이루겠다는 의지와 열정 역시 타오를 만큼 강해질 수 있었다.

나의 롤모델이자 꿈의 파노라마 대표인 김수영 작가는 내게 워크 플랜과 드림플랜이 무엇인지를 정말 잘 알게 해준 분이기도 하다. 내가 어떤 누군가의 꿈과 방향을 책으로 읽으면서 행복하고, 가슴 설렜던 적은 처음이었으니까. 그 책이 바로 《포기하지마, 다시 꿈부터 써봐》라는 책이었다. 73가지의 꿈을 설정하고, 꿈을 향해 과감하게 도전한다. 연세대 영문학과 경영학을 전공한 그녀는 골드만삭스라는 세계 최고의 회사에 입사하지만, 암세포가 발견되면서 삶에 대한 충격을 아주 크게 받는다. 그러면서 꿈을 향해 과감히 회사를 그만두고 길을 나섰다. 그 과정에서 얼마나 많은 자기 암시가 있었을 것이며, 자신을 바꾸고자 하는 열정이 있었을 것인가?

그래서 약간이라도 불안해지는 마음이 들 때마다 무조건 이 책을 읽는다. 누군가는 지금 스스로의 꿈을 위해서 달려 나가고 있는데, 나는 무엇을 하고 있냐는 신선한 분발심을 갖기 위해서다. 책을 읽다보면 느낄 수 있는 감정들과 진리들이 있다.

[느낄 수 있는 진리들 5가지] ─────── ✦

첫째, 성공을 위해서 노력은 반드시 필요한 것이다.

둘째, 목표의식이 강해야 이룬다.

셋째, 순간의 즐김보다 미래에 대한 투자가 기본이다.

넷째, 긍정은 모든 불안을 즐거움으로 바꿔준다.

다섯째, 나를 믿고, 나 자신을 사랑하라.

[느낄 수 있는 감정들 3가지] ─────── ✦

첫째, 나도 이룰 것 같아 행복하다.

둘째, 나도 가능할 것 같아 설렌다.

셋째, 나도 이루어감에 따라 즐겁다.

위의 진리와 감정이 교차로 들게 될 때, 마음의 불안함도 떨쳐버릴 수 있고, '나는 할 수 있다'라는 자신의 마인드컨트롤이 가능해지게 되는 것이라고 말하고 싶다. 이로써 나는 할 수 있다는 정신을 배웠는가? 그럼 이제부터는 박작가의 자기암시법(생각경영법)을 제대로 한번 배워보자.

"세상의 중요한 업적 중 대부분은 희망이 보이지 않는

상황에서도 끊임없이 도전한 사람들이 이룬 것이다."

- 데일 카네기

02단계.
'화끈하게 실패하자!'

우리는 흔히 실패는 성공의 어머니라는 이야기를 많이 듣고, 말하며, 인지하면서 살아간다. 어떤 일에 실패한 분을 위한 명언인 것을 알기에 태클 걸고 싶지는 않다. 그러나 2가지 의문은 품어보았다. 왜 실패가 성공의 어머니일까? 성공이 실패의 어머니가 될 수는 없을까? 그리고 의문에 대한 대답도 결론으로 내보았다.

첫 번째 질문, '왜 실패가 성공의 어머니일까?'라고 의문을 품었던 이유는 성공을 위해 자신이 원하는 무언가에 뛰어들 결심을 하려다가도 성공 위에 실패가 있다는 생각 때문에 그 의지를 포기하게 될까봐서다. 그렇지 아니한가? 차라리 실패는 성공으로 가는 견인차 역할이라고 한다면 계속 된 실패를 할지언정, 하다 보면 성공으로 이어지겠구나 라는 긍정 가득한 마음으로 이어질 수는 있을 것이지만, 반대의 경우로 부정 가득한 마음을 먹게 되어서는 안 될 것이기 때문이다.

두 번째 질문, '성공이 실패의 어머니가 될 수는 없을까?' 분명히 있다고 생각한다. 어떤 일을 시작하고, 도중에 포기하지만 않는다면 완성을 시킬 수 있게 될 것이고, 그러다 보면 성공에 이를 수 있을 것이라는 확고한 생각이 뒷받침 되어졌기에. 그러나 대부분은 어떤 일들을 진행하더라도 중도에 포기하는 경우가 많다.

일 때문에 힘들어서, 개인 시간이 없어서, 돈 버느라 바빠서, 내가 할 수 없는 일 같아서, 내가 모르는 부분인데 뛰어넘을 수가 없을 것 같아서, 해답이 보이지 않아서, 그리고 하다 보니 끝까지 하고 싶은 일로 느껴지지 않아서 등 많은 이유 등 각기 다른 이유로 말이다. 그러나 과연 생각해보라. 배고플 때 밥을 먹고, 몸이 아플 때 병원에 가는 것은 인류의 생존을 위해서는 당연한 일인 것처럼, 성공하기 위해 어떤 일을 시작하면 열정 가득한 노력이 밑바탕이 되어야 하는 것은 자명한 사실이지 않을까? 사실을 사실로, 제대로 받아만 들인 다면 실패가 성공의 어머니가 되는 삶이 아닌, 성공이 실패의 어머니가 되는 삶을 살 수 있을 것이라 장담할 수 있다.

실패하더라도 화끈하게 실패해야 한다. 이렇게 말하는 이유가 있다면, 어벌쩡하게 시도하는 것도 아니고, 안하는 것도 아닌 채로 실패를 하게 되면, 그 결과 분석 역시나 최대의 노력을 하지 않았다로 끝날 뿐, 성공지향적인 분석이 나올 수가 없다는 것이다. 반면 이른바 미친 듯이 노력했으나 실패가 나올 경우, 노력은 베이스로 깔고 가는 것이기에 다른 실패사유가 반드시 나오기 마련이다. 본 저자가 실패를 하더라도 화끈한 실패를 원하는 이유가 여기에 있다. 실패를 통해서도 성공에 버금가는 발전의 모습을 가졌으면 좋겠다는 것이 내 뜻이다.

2018. 현대사회에는 생산부문에서도 소품종 다량생산이 아닌 다품종 소량생산을 기본으로 진행되고 있다. A라는 상품 및 제품이 과연 고객들의 니즈(Customer Needs)를 충족시키고, 창의적이며, 응용이 가능한가? 라는 기본적인 생산성 의문점을 가져야 살아남는 시대가 된 것이다. 그에 걸맞게 21세기 현대사회를 살아가는 인류 역시나 변화해야 한다고 믿는다.

자기계발은 특정한 층만이 필요한 시대가 아닌, 당연하면서도 필수적인 시대가 된 만큼 화끈하게 도전하고, 반드시 결과를 창출해내어야 하며, 실패했다고 할지라도 실패에 대한 화끈한 원인 분석이 가능한 상태가 되어, 완성과 성공을 위한 대비책까지도 갈구해야 한다. 나 역시나 실패하더라도 확실한 도전을 하자는 화끈한 의지로 밀어붙이기에 더 발전적인 삶을 살아갈 수 있게 되었다. 내게 새로운 삶은 글짓기를 통해 얻게 되었으며, 각종 공모전 응모 및 지원과 더불어 책 쓰기를 통해 생활화 되었다.

나는 드림플랜연구소(http://blog.naver.com/myclup123)를 경영하며, [꿈드림코치]이자 [꿈을 향해 나아가는 청년]으로서의 삶을 인생이라는 큰 도화지에 그려나가고 있다.

이 새로운 삶의 시작은 화끈한 실패로부터 이어졌다.

첫째, '자신을 사랑하라.'는 조언을 여러 수십·수백 번씩보고 들으면서도, 철저한 무시로 화끈한 실패를 경험했다.

둘째, '너 자신을 알라!'는 소크라테스의 말씀을 접하면서도 제법 심한 코웃음 치기로 화끈한 실패를 경험했다.

셋째, '대학수학능력시험'의 중요성을 알면서도 어떻게든 되겠지란 시원한 착각으로 화끈한 실패를 경험했다.

넷째, 10대 청소년 시절 '아들아, 그러다 후회한단다.'란 부모님의 진정한 조언을 세상을 다 아는 것처럼 재밌게 외면하다가 어딜 가든 선택받아야만 하는 삶으로 화끈한 실패를 경험했다.

다섯째, '노력하면 이룰 수 있다.'는 진정한 진리의 해답을 가볍게 조롱하다가 노력하지 않은 점을 후회하며 화끈한 실패를 경험했다.

위처럼 5가지의 화끈한 실패를 경험하면서 하나 느낀 점이 있다면 무조건적인 달콤함은 언젠가 당뇨 발병의 원인이 될 확률이 높고, 이루고자 하는 열정과 성의 없이 완성되길 기다리기만 한다면 그것은 완전한 실패로 마무리 된다는 점이었다. 그러다 보니 이대로는 안 되겠다는 뜨거운 불안함이 점차 나를 찾아오기 시작했고, 하지 않은 것에 대한 후회의 쓰디쓴 결과가 매서운 눈물로 젖어들기 시작했다.

선택을 강요받던 청년에서 꿈을 선택하는 청년으로 바뀌고자 하는 마음은 그때부터 시작되었던 것 같다. 만약 '화끈한 실패'들을 경험하지 못했더라면 아마도 나는 아직까지도 막연하고, 막막한 두려움만 한가득 안은 채 세상을 향해 원인모를 불평불만만 계속하며 살고 있었을 것이리라.

그래서 저자는 외친다.

"실패하더라도 화끈하게 실패하라!"라고.

실패하는 것도 충분히 멋진 일이라고. 도전해보았기에 실패도 있는 것 아니겠냐고. 실패를 두려워해서는 완성할 수 있는 일이 없다. 성공시킬 수 있는 일 또한 없다. 세상의 모든 성공한 사람들을 보라. 어느 정도의 불안함 없이 그리 되었던가? 극복해냈다. 해낼 수 있다는 믿음 하나로 실패하더라도 개의치 않았다. 그 결과가 완성과 성공으로 이어졌음을 반드시 기억하라.

"성공하기까지는
항상 실패를 거친다."

- 미키 루니

03단계.
'힘차게 나약하자!'

우리는 원하는 바를 해내지 못할까봐, 갖고자 하는 것들을 갖지 못할까봐, 선택하고자 하는 바를 선택하지 못할까봐 쉽게 나약해지는 경우가 많다. 요즘 20대들을 3포 세대라고 부르기도 하는데 쉽게 나약해지는 경우가 꼭 여기에 있는 것 같다. 열심히 하는데도 무언가 결과는 미미하다. 다람쥐 쳇바퀴 도는 것처럼 항상 그 자리에서 발전의 기미가 보이지 않는다. 직장을 구하는 일 또한 매한가지다. 정상적인 피라미드화가 되어 입사할 구멍이 넓어야 고를 수 있는 폭이 넓어지고, 취업을 하고자 하는 자가 좀 더 자신의 적성에 맞고 잘 할 수 있는 곳을 선택하여 취업을 하게 될 수 있을 것이고, 그러다 보면 각종 성과로 나타나게 될 것이지 않는가?

그러나 지금의 우리나라는 취업과 인구계의 역피라미드화가 되었다. 젊은 사람들이 결혼과 연애, 출산을 포기한 3포세대로 살아가다 보니 나날이 출산율은 줄어만 들고, 2030년도에 이르면 노령인구가 더 많아져 심각한 사태에 이를지도 모른다는 말까지 떠돌고 있다. 나 또한 마찬가지였다. 여러 수십 번씩 들어가고자 했던 기업에 지원서를 썼지만, 면접전형에서 빈번히 탈락했다. 주변 어른들은 내가 면접전형을 보러 갈 때마다 우스갯소리로 "들러리 되려고 가는가?"라고 말씀하시기도 했고, 그럴 때마다 왠지 모르게 상처도 받았지만, 그래도 언젠가 될 수 있을 거라고 생각하고 계속 지원하고, 또 지원했었다. 그러나 계속되는 탈락은 그런 나마저도 점차 소극적인 나약한 자로 만들어갔다.

제대로 된 일자리를 얻지 못하다 보니, 가족 간의 대화에도 슬그머니 빠지게 되었고, 항상 부모님께 죄송한 마음을 가져야 했다. 당시 뭐 하나 제대로 하는 것이 없게 느껴졌기에 죽고 싶은 마음에 내 방 베란다에서 뛰어내리려고도 했다. 그러면 그럴수록 초라함만 더

해져갔지만, 망할 놈의 자존심은 치솟아만 갔다. 설이나 추석 때 친척들과 만나는 자리가 되면 입술을 깨물면서 자리를 피해야 했다. 내 방에 틀어박혀 펑펑 울면서 못난 나 자신을 비하하기도 했다. 커터 칼로 손목을 그어버리기도 했다. 제대로 된 소극적 나약한 자로 급부상하게 된 것이다.

결국 이렇게 되었는데 책은 읽어서 뭐하냐는 부정적인 생각에 헌책방에 대학에서 교재로 쓰던 책들을 모두 팔아버리기도 했다. 할 일이 없다 보니 매일 우리 집 뒷산(화개산)에 오르며 터져버리려고 하는 심장을 달래기도 했다. 운이 좋게 버스가 멈춰 섰지만, 죽어버리려고 차들이 쌩쌩 달리는 밤도로 한가운데로 뛰어들어버리기도 했다. 소극적이고 나약한 자가 되면 될수록 오히려 일은 더 풀려가지 않았다. 나 자신만 한없이 원망스러워지는 등 암울함의 절정에 이르게 되었다. 그래서였는지 이대로는 도저히 안 되겠다는 생각이 들기 시작했다. 모든 것을 내려놓다시피 했던 터라, 오히려 다시 힘을 내보자는 집념이 나를 강하게 휘감아왔다.

"어려움에 맞서는 희망, 불확실성에 맞서는 희망, 바로 이것이 희망의 대담성이다."라는 미국의 버락 오바마 전 대통령께서 했던 명언이 이해가 되기까지 했다. 나약하더라도 힘차게 나약해야겠다는 생각이 먼 언저리에서 나를 향해 걸어왔고, 그것은 곧 나를 바꾸는 현실이 되어주었다. 생각이 바뀌니까 사물을 바라보는 내 시각이 바뀌었다. '다시 한 번 용기를 내보자! 이번에는 합격할 수도 있지 않을까? 만약 불합격하더라도 그건 회사가 나를 알아주지 못해서이지, 내가 자질이 아예 없고, 능력이 전혀 없진 않을 테니까 걱정할 필요 하나도 없어. 우울해하거나 암울해할 필요도 전혀 없고. 알겠지?'라고 마음자세도 바꿀 수 있었다.

그래서 다시 입사지원을 시작했다. '죽기살기로 뛰어든다.'는 말에서 정말 '살기'라는 단어를 뺀 채로 밤을 새워 자기소개서를 쓰기도 했다. 자기소개서를 잘 쓰는 형이나 동생들에게 자문을 구하러 뛰어다니기도 했다. 그러다 보니 어느새 내 모습은 나약할지언정 힘차게 나약한 모습으로 바뀌어져 있었다. 자기암시의 생활화 덕분에 내 모습을 담은 세 번째 책을 써내려가는 저자가 될 수 있었던 것이다. 소극적 나약함에서 힘찬 나약함으로 바뀌면서 경험할 수 있었던 부분은 아래 3가지였다.

첫째, 안될 수 있지, 영원히 안 되는 건 아니잖아. 해보자!
둘째, 안될 것 같아서 도전까지 안하면 되는 일이 있을까?
셋째, 무엇엔가 실패하고, 탈락했다 해서 우울해하지마~ 그건 결국 내가 내 스스로를 구렁텅이로 밀어 넣는 것 밖에 안 되는 거야.

두 번째 책을 쓰고 나서 드림(Dream)컨설팅을 시작하게 되었다. 그러는 가운데에서 나보다 5-6살 정도가 많은 분을 컨설팅 해드리게 되었는데, 그분 역시나 "꿈은 이상적인 것이지 않은가요?"라고 말씀하시는 분이었다. 생산자동화 계열의 사무직으로 취직하는 것이 꿈이라고 말씀하시기도 했다. 그래서 처음에는 20-30분간 대화를 나누었다. 어떠한 분인가를 제대로 파악해나가기 위해서였고, 어떠한 꿈과 목표를 가져야 할 분인가를 알아내기 위함이었다. 그 과정에서 이런 대화를 나누었다.

"꿈이라는 것은 좀 더 추상적이면서도 평생을 두고 열정과 노력을 다할 수 있는 것으로 세워야 합니다. 그러나 지금 고객님께서 말씀하시는 생산자동화부문 사무직 취업은 단순한 목표일 뿐, 꿈은 아닙니다. 그래서 지금부터 꿈을 튀겨 먹음직한 음식화 하는 것에 주력해야 될 것 같습니다."

"제가 그게 될까요? 한 번도 꿈이라는 것을 이루겠다고 생각해본 일이 없어서요. 그리고 꿈과 현실은 반대의 경우라서 쫓으려 하면 할수록 결국 멀어지게 되더라고요."

"아, 그러셨군요. 그러나 생각을 조금 바꾸시는 것이 좋을 것 같습니다. 사람에겐 이루고자 하는 꿈이 있어야 성취감을 더 느낄 수 있고, 좌절하지 않고 끝까지 밀고 갈 수 있는 원동력이 되는 것이기 때문입니다. 꿈이라고 말씀하셨던 생산자동화부문 사무직의 취업도 단순한 목표일뿐입니다. 그렇다면 취업이 되고나면, 이후에는 계속 버텨내는 것밖에 남지 않을 텐데 그것이 과연 꿈이 될 수 있는 것일까요?"

"오. 말씀을 들어보니 그런 것도 같네요. 이제껏 생각해보면 저는 나약한 사람이었어요. 어떤 일이든 파워풀하게 해내지는 못하고, 툭하면 힘들다, 어렵다, 이걸 어떻게 하느냔 부정적인 말들만 해왔던 것 같아서요."

"살아가면서 어떤 일이든 노력하지 않고, 시도하지 않는데 이루어지는 것은 없습니다. 저도 꿈드림코치가 되고, 드림플랜연구소를 운영하게 되기까지 열정이 없고, 노력이 뒷받침되지 않았더라면 아마 지금의 저는 없었을 것이기 때문입니다. 지금 고객님이 말씀하셨던 나약함은 나약함 중에서도 가장 변화를 저지하는 '소극적인 나약함'입니다. 나약해질 때는 누구나 있을 수 있지만, 그런 가운데에서도 열정과 노력에 성의 있게 최선을 다할 줄 아는 자세를 지니는 것이 가장 중요한 일일 것입니다. 사무직으로 취업하고 싶다는 목표와도 연관성이 있습니다. 어떤 기업에서 '저는 힘들어서 못하겠습니다.'라는 모습을 보이거나, '그건 해낼 수 없는 일 아닙니까?'라는 모습을 보이는 입사지원자를 채용하겠습니까? 지금부터라도 반드시 힘찬 모습으로 바꾸고자 하는 노력을 하셔야 합니다. 고객님이라면 할 수 있을 것입니다."

"나약함을 떨쳐내지 않고서는 어떤 것도 이룰 수 없다!"라고 말씀 하셨던 프랑스의 나폴레옹처럼, 힘들고 어려운 순간이 와도 힘차게 해낼 것이라고 스스로에게 암시할 수 있는 사람이 될 때, 비로소 시련과 역경을 이겨낸 성공자가 될 수 있는 것임을 꼭 알아주었으면 좋겠다.

힘차게 나약하자는 3장의 제목처럼 못하겠더라도 하고자 하는 의지가 중요하며, 실패해서 나약한 마음이 든다하더라도 언젠가 반드시 완성할 것이며, 이루어낼 것이라는 힘찬 믿음과 암시가 반드시 필요하다는 것을 꼭 명심하자.

"성공하려는 본인의 의지가
다른 어떤 것보다 힘차고 중요하다."

- 에이브러햄 링컨

04단계.
'대차게 시도하자!'

우리가 대차다는 말을 사용할 때는 언제인가? 아마도 어려운 줄 알면서도, 쉽사리 말을 꺼내기 힘든 상황인 줄 알면서도 요구하거나 도와달라고 패기 있게 이야기할 때가 아닐까? 싫을 땐 하지 않겠다고, 못하겠다고 판단이 될 땐, 못하겠으니 도와달라고 말할 줄 알고, 행할 줄 아는 것은 생각보다 쉬울 줄 알았는데 생각보다 어렵다. 왜 그런 것일까? 내 일이 아니라서 아니라 하고, 내가 싫으니 싫다 하며, 혼자 못하겠으니 도와달라고 하는 것인데도 어려워하는 이유는 무엇이고, 쉽게 말을 못 하는 이유는 또 무엇인가?

바로 '자기암시'가 부족해서다. 그런데 그만큼 상대를 배려하는 것이 아니냐고 반문하는 분들도 있다. 그러나 결단코 그건 배려가 아니다. 혼자서 업무 처리가 불가한데도 힘들어하며 혼자 해본들 상대는 '혼자 할 수 있구나.'라고 생각하고 넘어가는 경우가 많지, '와! 혼자 했네? 정말 힘들었겠는걸! 앞으로는 힘들지 않게 내가 적극적으로 나서서 도와줘야겠다.'라고 생각하는 분들은 안타깝지만 많지 않다. 그렇게 계속 혼자 하다 보면 지치게 되고, 그러다 보면 부정적인 생각으로 물들게 되며, 결국 회사를 그만두거나 질병 혹은 화병(스트레스성)으로 입원하게 될 가능성이 매우 커지게 되는 것이다.

나도 인생을 오래 살거나 많이 산 건 아니지만, 회사생활 어엿한 3년 차로서 느낀 게 있다면 상사에게 너무 잘하려고만 하면, 단점이 보이지 않으려고 하다 보니 너무 속을 태우게 되더라는 것이다. 그래서 솔직히 못 하겠다고 판단이 될 땐, "아~ 그건 제힘으론 역부족이라 못하겠습니다."라고 해버린다. 상사가 입사 선배이다 보니 호칭을 선배라고 부르기도 하는데, 선배가 해야 할 일은 난 정말 선배가 하시라고 말씀드린다. 내가 몸이 열 개는 아니기 때문이며, 장점이 있으면 단점도 분명히 있는 사람인 터라 못해내겠는데 해내겠다고 해놓고 나서 끙끙 앓듯이 하고 싶지는 않기 때문이다. 한번은 최고 상급자뻘 되는 선배가 해달라고 부탁한 걸 그 자리에서 아래와 같이 말씀드리며 거절했던 적이 있다.

"아. 죄송합니다만, 전 못하겠습니다. 솔직히 할 줄도 모르고, 억지로 할 수 있다고 한다고 해서 시도하고 완성해본들, 애초에 이 부분을 잘하는 선배의 마음에 완벽히 들 수도 없기 때문입니다. 그리고 가장 중요한 건 제가 해야 할 일도 많아서 도와드리기가 힘들 것 같습니다."

그랬더니 싫어하고 개념 없다고 할 줄 알았던 그 선배는 오히려 알겠다며 속 시원히 말해줘서 고맙다고 말씀해주셨다. 호의가 계속되면 권리가 되는 법이다. 그리고 호의는 내가 마땅히 여유가 될 때 한두 번 정도의 선에서 가능한 것이지, 계속해서 하다 보면 부담스러워진다. 그러다 나중에 안 했을 땐, 정말 개념 없는 후배 사원이 되어버릴 것이 분명하다. 자기암시에서 가장 중요한 부분이 바로 이 부분이라고 말할 수 있다. 만약 그래도 잘되지 않는다면 아래 5가지를 생각해주었으면 좋겠다.

첫째, 사람으로 태어난 이상 대차게 거절할 권리가 따른다.

둘째, 나는 신이 아닌 이상 모든 부분에서 완벽하진 않다.

셋째, 나도 내 할 일만 할 권한이 있다.

넷째, 그 일은 도와드리기가 힘들겠다고 말할 권리가 있다.

다섯째, 호의는 시시콜콜 계속 지속되면 결국 권리가 된다.

위 5가지 사항을 반드시 인지하고 생활화한다면, 처리할 수 없는 능력 밖의 일을 떠안아 마음고생을 할 일도 현저히 줄어들 것이며, 무엇보다 그 시간을 개인 시간으로 얼마든지 활용할 수 있게 될 것이다. 그러나 이러한 나도 처음부터 대차게 행동하는 것이 가능하지 않았다. 위 내용에서도 말씀드렸지만, 나도 내 능력 밖의 일을 거절하지 못해 끙끙 앓았던 적이 여러 수십 번 넘게 있었다. 그중에서 가장 기억나는 추억들을 2가지 이야기하자면,

청소년 시절일 때, 한번은 친구가 농담 반 진담 반으로 수행평가로 공책검사를 한다고 하니, 필기 좀 대신해달라고 말했던 적이 있었다. 충분히 거절할 수 있는 상황이었음에도 친구가 나를 떠나갈까 봐 알겠다며 원치 않는 수락을 해버렸다. 그래서 그날 하루 동안 친구 공책 필기를 하느라 밤을 새워버린 적이 있었다. 만약 장난으로 받아넘겼더라면, 그건 네가 해야 할 일이라고 말 한마디만 했었더라면, 내가 과연 친구 공책 필기해주는 일로 뜬눈으로 밤을 지새울 필

요가 있었을까? 결국, 나는 친구 공책 필기를 다 해서 건네줄 수밖에 없었다. 그러나 거절하는 방법만 알았더라면 그런 일은 아마 없었을 것이라 본다.

다음으로 군대에서의 일이었다. 수양록 쓰는 일이 있었다. 수양록이란 쉽게 말해 군대 장병 일기장으로서, 남자에게는 특별한 기억일 수밖에 없는 군대 생활을 기록하는 시간을 가져보라는 뜻에서 쓰는 것이다. 글쓰기를 좋아했기에 군대 생활을 하던 약 2년간을 고스란히 담아가고 있었는데, 하루는 생활관의 최고선임이 내게 부탁을 했다. "상준아. 내 것도 써주라. 어때?"라고. 그때 난 군대 내에서 장병 문예 공모전에 도전하고 있던 중요한 기간이었음에도, 선임의 부탁을 거절 한번 하지 못했던 이유로 2배의 노력을 해야만 했다. 그때도 만약 내가 하는 일이 있어서 시간이 부족해 죄송하지만 도와드릴 수 없겠다고 말 한마디만 했었더라면, 그 선임이 전역할 때까지 일주일에 한 번씩 꼬박꼬박 수양록을 대신 써줘야 했던 일은 없었을 것이다.

군대에서의 일까지 겪고 난 이후부터, 변하기로 했다. '나는 할 수 있으며, 화끈하게 실패하더라도 힘차게 나약하고, 대차게 시도하는 자가 될 수 있다!'라고 끊임없는 자기암시를 거듭하고, 또 거듭하여 습관화시켜나갔다. 내 선에서 처리할 수 없을 것 같은 일은 절대 할 수 있다고 언급하지 말자. 누군가를 도와줄 때는 도와주고 싶은 마음이 들거나 여유가 충분히 될 때 도와주자. 내 할 일도 많은데 무리하게 상대방의 일까지 거들어주겠다며 내 할 일을 못 하는 어리석은 습관을 벗어던지자는 다짐까지 입술을 깨물며 노력했다. 그랬던 결과일까? 절대 쉽지는 않았지만, 원하던 대로 거절하고 싶을 때 '대차게 거절할 수 있는 사람'이 되었다.

일부는 내게 아래와 같이 말한다.
첫째, "후임이 되 가지고 개념 없이 선배의 말을 거절해?"
둘째, "진짜 대찬 녀석이네. 아직 세상 물정을 모르다니."
그러나 잘 생각해보라. 못할 것 같은 일을 어찌해서 거절하면 안 되는가? 나도 내 할 일이 있을 것인데 어찌해서 못하겠다고 말해서는 안 되는가? 나도 거절할 수 있는 권리와 권한이 있는데 어찌해서 거절한다는 이유로 개념 없는 사람이라는 말을 하는가? 그리고 과연 이 모든 질문을 누구나 반문하지 않을 정도로 대답해줄 수 있는가?

아마 없을 것이라고 본다. 있다면 그것은 억지로 대답을 지어내려는 것밖에 대답이 될 수가 없다. 그래서 나는 다시금 말하고 싶다.

용기를 내서 대차게 시도해보라. 대차게 거절도 해보고, 대차게 하고 싶은 일에 도전도 해보며, 대차게 바로 행동으로 옮겨도 보라. 그래야만 진정으로 후회가 없는 삶이 될 수 있다는 사실을 명심해야한다. 그리고 대차게 행동한다고 해서 결단코 그것이 내게 독이 되지는 않는다. 오히려 자기 주관이 뚜렷해 보이며, 쉽게 휘둘리지 않는 사람이라는 믿음을 줄지도 모른다. 어떤가? 이제는 대차게 시도해야 할 이유가 생겨나는가? 이유가 생겨났다면, 바로 행동으로 옮겨보라. 행동으로 옮기기 위해서는 용기가 필요한데, 실행할 용기가 없다는 것은 결국 발전의 의미가 없다는 것과 같으니까 말이다.

"전력을 다하여 자신에게 충실하고, 올바른 길로 나가라.

참으로 내 생각을 채울 수 있는 것은 나 자신뿐이다.

나를 변화시킬 수 있는 건 오로지 나뿐이다."

- 우렐리우스

05단계.
'과감하게 도전하자.'

첫째, "내 사전에 불가능이란 없다."

둘째, "천재는 1%의 재능과 99%의 노력으로 이루어진다."

셋째, "시작이 반이다."

넷째, "오늘 할 수 있는 일을 내일로 미루지 마라."

다섯째, "꺼지지 않을 불길로 타올라라."

위 다섯 가지 명언은 도전에 관한 명언들이다. 우리가 살아가면서 몇 번 이상씩은 들어보았을 만한 그러한 명언들이다. 그리고 이러한 명언들을 항상 적어두며, 힘들 때마다 '나는 잘하고 있다.'라는 위안까지 삼으려 한다. 그런데도 신기한 것은 무언가 완성을 시키거나 성공을 거둔 사람들은 많지 않다는 것이다. 처음엔 이유를 알지 못했다. 이 책을 쓰고 있는 나조차도 '왜 그럴까?'라고 계속 반문하고, 또 의문을 가졌다. 그러다 결국 이유를 찾아내었고, 주변 사람들을 유심히 보거나, 사람들과 대화를 나눠보거나, 저자들의 모임에서 저자들과 완성에 관한 대화를 나눠보면서 2가지 단어를 공통으로 갖추고 있지 못하다는 점을 알아낼 수 있었다.

그 2가지가 무엇일까? '실패'와 '낙담?' 아니다. 그것은 바로 '과감함'과 '도전'이었다. 이루어내고 싶은 분야에 뛰어들어버릴 수 있는 과감한 도전정신이 성공의 가장 큰 요인이었다. 동기부여가 되는 동영상을 본 이후에도 금세 열정이 식어버리는 이유, 무언가를 시작은 해놓고 성공적으로 완성 시키지 못하는 이유, 시도는 했는데 금방 좌절하는 이유, 반대로 성공한 사람들은 반드시 성공할 수밖에 없는 이유, 성공한 사람들의 스타일로는 무조건 성공할 수밖에 없는 이유, '시간이 얼마나 걸리는가?'의 문제지 그들이 해내는 이유 등 이 모든 이유가 바로 '과감한 도전정신'이 바탕을 차지하고 있었다.

나 역시나 3번째 책을 쓰는 저자가 될 수 있게 된 이유, 꿈이었던 문학 등단 작가가 될 수 있었던 이유, 드림플랜연구소를 설립할 수 있었던 이유, 창원주재 명예 기자가 될 수 있었던 이유, 꿈드림 컨설턴트로 도약할 밑그림을 그릴 수 있게 된 이유는 생각해보면 과감한 도전 덕분이었다. 그럼 지금부터 오늘에 이르기까지 내게 어떠한 노력이 있었는지, 어떤 암시들을 통해 단련했었는지를 함께 알아 나가 보자.

 첫 번째, 인생의 3번째 책을 쓰는 저자가 될 수 있었던 이유는, 정말 '나는 할 수 있다!'라는 암시와 '노력은 행동하는 자를 절대 배신하지 않는다.'는 좌우명 덕분이었다. 저서 ≪된다된다 나는 된다≫를 50번 읽음으로써 얻을 수 있었던 긍정적인 마인드는 나 자신에게 '상준아, 너도 할 수 있어!'를 끊임없이 외치게 했고, 하고자 함에 있어서 노력은 필요한 것임을 저절로 알 수 있게 했다. 그것이 '과감하게 한번 도전해보자.', '한번 죽지 두 번 죽을쏘냐?' '까짓것 죽기 아니면 까무러치기다!'라는 긍정의 긍정으로 꼬리를 물고 계속 이어졌다. 그러다 보니 진정으로 내가 원했던 책을 쓴 저자가 될 수 있었고, 로맨스 소설 ≪런던, 그곳에서≫를 출간하게 되었으며, 2번째 책 ≪가제: 농산청년, 꿈을 펼치다!≫가 출판사와 기획출판 계약을 완료하고, 출간이 임박하게 된 이유가 되었다.

며칠 전, 사무실에서 밤 10시경 한 분의 선배와 이야기를 나눈 적이 있었다. 유독 매장에 고객님이 없던 터라 중요한 메일이나 볼까 싶어 사무실에 들르게 되었고, 그때부터 우연히 나누게 되었던 대화였다. 내게 요즘도 글 잘 쓰고 있냐고 물어보셨다. 그래서 나는 곧 2번째 책이 출간을 앞두고 있다고 말씀드렸더니 정말 대단하다는 대답을 해주셨다. 남들은 죽기 전에 한 권 쓰기도 힘들어하는 경우가 많은데 어떻게 그 젊은 20대 중후반의 나이에 2권의 책을 쓸 생각을 다 가지게 되었느냐며, 보면 볼수록 대단한 청년이라는 칭찬까지도 해주셨다. 정말 감사했다. 뿌듯하고 행복했다. 그래서 나는 이렇게 말씀드렸다. "대리님, 하고자 하니까 되더라고요. 저도 처음에는 무언가를 이루고 완성하는 사람들은 특별하거나 대단한 재능을 가졌을 것으로 생각했습니다만, 그것은 하기 싫다는 핑계를 고급스럽게 하는 것일 뿐, 막상 책 쓰기에 전념을 해보니까 그런 것만은 아니라는 것을 뼈저리게 깨닫게 되었습니다. 대리님도 한번 도전해보지 않으시겠습니까? 파트장, 영업 관리의 전문가가 되기까지의 여정을 책으로 쓰신다면 정말 훌륭한 책 한 권이 나올 것 같네요."

대리님께서는 말만 들어도 고맙다며, 죽기 전에 반드시 한번 시도해보겠다는 답변까지 해주셨다. 책을 쓰다가 만약 도중에 포기했더라면, 판매가 잘 되던, 혹은 잘 안 되던 한 권의 책으로 완성을 시켜내지 못했더라면 대리님과의 그 대화는 물론이고, 이렇게 자기암시에 관한 책을 쓰고 있지도 못했을 것이다. 두려움만 가득 가진 채 그걸 어떻게 하냐며, 특별한 사람들이나 가능한 것 아니냐는 불평불만의 말들을 쏟아내면서 황금 같은 20대를 보내고 있었을 것이다. 두려움에 굴복하지 않고, 두려움과의 전쟁에서 승리하는 것, 그것이 내가 지금의 저자가 될 수 있었던 이유다.

두 번째로, 문학 등단 작가가 될 수 있었던 이유에 대해서 말씀드리자면, 사실 나를 돋보이게 하고 싶었던 열망 때문이었다. 우리는 흔히 말한다. 다른 사람들의 시선은 최대한 신경 쓰지 말자고. 그런데 내 생각은 다르다. 청소년 시절, 예쁜 여학생과 소개팅을 하거나 미팅 자리에 나갔던 적이 있었는데 나는 그 당시 100kg가 넘는 거구였고, 나를 전혀 꾸밀 줄 몰랐으며, 시대에 맞지 않는 군대식 머리로 상대방에게 위압감마저 주고 있었기 때문에, 빈번히 여학생들로부터 거절당하거나 같이 노는 것까지도 싫다며 차였던 뼈아팠던 고통이 있었다. 그러나 성적은 나보다 좋지 않아도, 내면의 풍족함은 나보다 덜하더라도, 잘생기고 몸도 좋으며, 머리 맵시며, 옷차림이며 자신을 잘 꾸미는 친구들은 금방 친해지고, 하나둘씩 사귀는 사이로 발전되어갔다. 만약 내가 내면의 풍족함이 아닌, 겉모습을 꾸미고, 다이어트를 감행해 체형의 변화와 머리 맵시의 변화를 주었었더라면 어떻게 되었을까? 아마도 나 역시나 부러움을 한 몸에 받는 커플이 될 수 있었을 것으로 생각한다.

그때부터 나는, 인간은 사회적인 동물이며, 상대적인 감정을 갖고 살아가는 자들이기에 다른 사람들의 시선이 곧 내가 평가받는 기준이 된다는 말에 믿음과 신뢰를 가질 수 있었다. 지금처럼 4개 부문 신인상 수상자로 선정되며, 등단 작가가 될 수 있었던 밑그림으로 발전했다. 만약 내가 아직도 그냥 글쓰기를 좋아하는 사원이었더라면, 글을 쓴다고 했을 때 사람들의 반응은 어떠했을까?

글쓰기를 좋아한다고 했을 때 나를 어떻게 바라볼까? 그리고 얼마 전, 회사에서 자체적으로 실시했던 답찾사(답을 찾는 사람들)라는 취미 생활을 드러내는 공모전에서 입상할 수 있었을까? 아니었을 것이다. 오히려 신기하게 쳐다보았을 것이며, 의외라는 이미지를 줄 뿐, 아무런 변화도 얻지 못했을 것이라고 본다. 그러나 소설 공모전에 수없이 지원하면서 당선되고, 시상식을 다녀온 직후, 카카오톡 소개 사진으로 등단 증을 공개하면서 직장동료들께 알려지게 된 것이다. 그로 인해 '대단하다'라는 수식어가 붙을 수 있게 되었다. 그때부터 나는 어떤 좋은 일이 있을 때마다 SNS와 카카오톡 소개 사진을 통해 사람들에게 알리기 시작했다. 내가 어떠한 사람인지는 나

혼자만 알아서는 절대 사람들에게 어필될 수가 없다는 것을 정말 크게 깨달을 수 있었기 때문이었다. 이것이 내가 지금의 문학 작가가 될 수 있었던 이유다.

세 번째로, 드림플랜연구소를 세울 수 있었던 이유는, 인간은 무릇 주변 사람들이나 사람들에게 응원을 받을 때 더 빨리 성장하고, 더 좋은 일로 이어지게 하려는 본능 때문이었다. 또 내 꿈과 플랜을 공유하면서 연구소를 찾아주시는 모든 방문객과 Win-Win하기 위함이었다. 처음에는 '꿈드림코치' 자체가 연구소의 초명(初名)이었지만, 지금의 연구소로 발전될 수 있었던 계기가 되었다. 이 역시나 과감한 도전이 없었더라면 이루어질 수 없었던 일이다. 한번 해보자는 의지와 열정이 아니었더라면 애초에 탄생할 수조차 없는 일이었을 것이다. 드림플랜연구소를 운영하면서 정말 많은 분이 응원의 메시지를 보내주시며, 하루에도 여러 번 서로이웃 신청이 들어온다. 이를 통해 나는 꿈과 목표를 반드시 이루어야겠다는 의지가 충만해지고, 지금도 꿈을 이루기 위한 여정을 계속할 수 있게 된 근간이 될 수 있었다. 이것이 내가 지금의 연구소장이 될 수 있었던 이유다.

네 번째로, 창원주재 명예 기자가 될 수 있었던 이유는, 결코 내가 기자 생활을 해보았던 전례가 있어서도 아니며, 취재해본 경험이 있어서도 아니었다. 그냥 하고 싶었다. 할 수 있을 것만 같았으며, 잘해낼 수 있을 것 같다는 판단이 섰다. 그래서 내가 활동하는 문인협회에서 지원자를 모집할 때, 과감히 손을 들고 말했다. "저도 지원하겠습니다!"라고. 그랬더니 믿을 수 없는 일이 일어났다. 마감 후 일정 기간이 지나고, 당선을 축하한다는 메시지가 전해져왔기 때문이다. 만약 내게 도전정신이 없었더라면 아마 이 모든 일을 시도하지조차 못했으리라. 이것이 내가 지금의 창원 명예 기자가 될 수 있었던 이유다.

이렇듯 과감하게 도전하는 것은 살아가면서 정말 중요한 요소다. 과감한 도전을 위해 '나는 가능하다.'라는 자기암시를 끊임없이 하는 것이기도 하니까. 누구든 가능하다. 성공하는 사람과 실패하는 사람의 가장 큰 차이는 '하다'와 '하지 않다'라는 단순한 차이라는 명언도 있질 않은가? 지금부터 바로 시작해보라. 자신이 원하는 취미나 특기가 있다면, 직업으로 삼아도 손색없을 정도로 계발해보라. 도전의 도전을 거듭하다 보면 분명히 좋은 일이 많이 일어날 것이며, 이루지 못할 일은 하나도 없다는 것을 반드시 알게 될 것이라고 믿는다.

"공포를 느껴라.
그리고 그래도 도전하라."
-수잔 제퍼스

06단계.
'힘들어도 웃어보자!'

예전에 TV 프로그램에서 배우 장혁은 말했다.

"힘들 때 우는 건 삼류다."
"힘들 때 힘든 건 이류다."
"힘들 때 웃는 건 일류다."

정말 옳은 말씀이라고 생각했다. 힘들 때 신경질을 내거나 투정

부리듯 화를 내면 결국 발전이 없다. 나도 바보같이 최근에야 깨닫게 된 부분이 있다. 그것은 바로 10가지 중의 9가지를 잘하더라도 1가지를 잘못하면 9가지 잘했던 점은 묻혀버리고 1가지의 잘못했던 점만 사람들 머릿속에 기억된다는 것을. 그때부터 나는 최대한 화를 줄이려고 노력을 하기 시작했다. 회사에서도 상황은 마찬가지였다. 결품이 나거나, 재고가 있는데 진열되어 있지 않거나, 또 오후에 출근했는데 오전조 근무자분들이 창고정리를 해놓지 않으면 솔직히 굉장히 화를 많이 내었다.

"실장님이면 뭐요?! 할 일은 해야 할 거 아닙니까!!"라고 분한 마음에 말했던 적도 있었다. 그때도 완벽하게 되어있어야 한다는 나만의 완벽주의 강박관념이 시퍼렇게 날이 선 채 심장을 옥죄었기 때문이었다. 그런데 어느 순간이 되니까 내가 왜 그동안 화를 내왔던 건지가 이해되지 않는 경험을 하게 되었다. 사람마다 특성이 다 다를 것이며, 결품이 나 있어도, 재고가 있었고, 당장 상품이 진열되어 있지 않다고 하더라도 그냥 넘기면 되었을 텐데, 그랬다면 인자한 담당이 될 수 있었을 것 같은데 싶었다.

아마 그때부터였던 것 같다. 화를 내기보다 모른 척 무시하고 지나쳤다. 화가 나도 혼자 있을 때 하늘 한번 쳐다보고 말지라며 관심을 점차 줄여나갔다. 생각해보면 다들 좀 더 편하게, 그리고 잔소리 듣지 않으며, 점포 관리자로부터 싫은 소리를 듣지 않을 수 있게 하려고 결품을 보면 화를 내면서까지 일했었다. 그래서 재고가 있으면 왜 진열하지 않냐고 화를 냈었던 건데 깨달은 순간부터 그러고 싶지가 않아졌다. 결국, 지나고 보니 화를 냈던 나만 이상한 담당, 화 자주 내는 담당이 되어있었기 때문이다.

그런데 화를 점차 줄여나가다 보니 신기한 반응이 일어났다. 오히려 일각에서는 차분하게 일 잘하고, 글까지 잘 쓰는 담당이라는 이미지로 변해가고 있었다. 관심의 표현을 5단계 클라이맥스에서 3단계로 줄였는데도 오히려 5단계 때보다 더 좋은 평을 받고 있다는 데에서 귀신이 곡할 노릇이었다. 여사님이 하루는 실제로 내게 "상준 담당님, 요즘 왜 그래요? 예전엔 왜 진열 안하냐고 막 챙기고 그러니까 그래도 매장이 풍성함을 유지했는데 요즘은 매장이 풍성한 느낌 자체가 없잖아요. 예전의 모습으로 다시 돌아와 주세요."라는 말씀을 전해왔다.

그래서 내가 그랬다. "아, 그렇던가요? 그런데 생각해보니까 저도 굳이 화를 내서 저한테 좋은 것도 없고, 굳이 더 열렬히 하지 않아도 매장은 돌아가더라고요. 그래서 이제는 그냥 물 흐르듯이 하려고요.

제가 화를 내면서까지 열심히 할 때는 화낸다고 다들 싫어하던데 제가 화를 못 내서 미쳐있는 사람도 아니고요. 전 이제 더는 예전처럼 화까지 내면서까지 보였던 열정과 성의는 보이지 않을 생각입니다." 그랬더니 그분도 고개를 끄덕이며 창고로 들어가셨다.

나도 사람인지라 지금도 화가 한 번씩 날 때가 있다. 그러나 확실히 예전에 비교해선 효과적으로 줄였다. 대신 웃으면서 일했다. 정말 힘들 때는 잠시 쉬면서 노래도 한 곡 듣고, 의견이 불일치해서 머리끝까지 화가 날 경우에도 그냥 시식용 과일 한 조각 잘라먹으면서 나를 단련하고 화를 가라앉혔다. 웃으면 복이 온다더니 결코 틀린 말이 아님이 느껴질 정도로 요즘은 다른 평가를 듣고 있다. 이쯤 해서 힘들 때 웃을 수 있었던 나만의 암시방법 3가지를 공개한다.

첫째, 힘든 순간을 경험해도 별 대수롭지 않게 넘겨버린다.
둘째, 힘든 것보다 더 중한 다른 일을 곧장 진행해버린다.
셋째, 심호흡을 크게 3번 한다.

암시라는 것은 굉장히 중요한 것 같다. 내게 암시조차 허락지 않았더라면 아마도 변화는 생각조차 하지 못했을 것이기 때문이다. 예전에는 정말 얼굴에 웃음이라곤 없는 불평불만 덩어리였다. 내가 노력하지 않았다고는 생각하지 않고, 부모님 탓을 하고, 집안 탓을 했으며, 바라던 대기업에 합격한 합격자들은 무조건 배경이 있을 것으로 생각했었다. 된다, 된다, 나는 된다가 아닌 '어떻게 될 수 있느냐!'라고 반문하기만 좋아했던 나였다.

그랬던 내가 노력을 하게 되고, 단순히 좋아만 했던 일을 잘하기 위해 뛰어들고, 긍정적인 마인드로 시도할 수 있게 되었다. 이 모든 것은 '자기암시'와, 할 수 있다고 생각하기 시작한 자신감 덕분이었다. 용기를 가져보라. 도저히 웃음이 나오지 않는 상황이라도 억지로 웃음을 지어보라. 그래야만 변화가 가능해지고, 긍정적인 마인드를 가질 수 있는 계기가 찾아오게 되며, 어디로 갔었는지 없던 자신감이 생겨난다는 것을 명심해야만 한다.

물론 쉽지 않을 것이다. 자기의 모습을 바꾸는 일이 그토록 쉬운 일이었다면 아마 이 세상에 실패자는 아무도 없을 것이리라. 뼈를 깎는 고통을 맛보게 될지도 모른다. 바꾸어 나가는 도중에 자기암시가 힘이 들어 포기하고 싶은 생각이 수십 · 수백 번은 더 들게 될 것이며, 나 자신이 이렇게 나약했었냐는 반문을 화내듯 물을지도 모른다. 그러나 그렇더라도 반드시 이겨내어야 한다. 그래야만 이 책을 읽는 보람이 있을 것이며, 진정한 자기만의 암시법을 찾고 성공으로 가는 마인드로 변화할 수 있다는 것을 꼭 기억해주었으면 좋겠다. 그리하여 진정한 승리의 미소와 더불어 함박웃음을 지어주길 진심으로 바라고 기원한다.

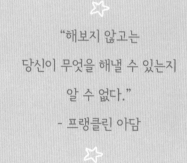

"해보지 않고는
당신이 무엇을 해낼 수 있는지
알 수 없다."

- 프랭클린 아담

07단계.
'시련에도 즐겨보자!'

　흔히 성공하는 사람들에게서는 큰 시련이 있었다는 것을 알 수 있
다. 암에 걸려 생사의 기로에서, 세상을 살아가다가 기적적으로 암
수술이 성공하게 된 분도 있고, 어릴 적에 집에 빨간 압류딱지가 붙
어 길거리에 나앉는 경험을 했던 분도 있다. 피겨스케이팅 최강자
가 되기 위해 수백 번 엉덩방아를 찧으면서 온몸에 멍이 들어가면서
도 포기하지 않고 연습해서 전설이 된 김연아 선수도 있다. 평발이
라 축구선수로서의 값어치가 없다는 판정을 받았지만, 끊임없는 드

리블 연습과 평발 극복훈련으로 월드컵 국가대표는 물론 현재 세계적인 팀에서 뛰고 있는 캡틴 박지성 선수도 있다. 이 모든 분의 공통점은 '노력의 대가'들이라는 점과 '매 순간 진취적으로 최선을 다했다'는 점, 그리고 잊을 만하면 찾아오는 시련들 속에서도 하고자 하는 일을 즐겼다는 점이다.

그러나 일반적인 일상생활을 영위하는 우리는 어떠한가? 매 순간 찾아오는 시련을 극복했던가? 아니면 힘들다고 중도에 포기하는 일이 많았던가? 아니면 애초에 승산 없는 일이라 생각하고 시도조차 안 하지는 않았던가? 나도 현재의 모습이 되기까지 정말 많은 시련이 찾아왔었다. 자정에 회사에서 마치고 집으로 돌아오면, 새벽 3시에서 4시에 이르기까지 글을 쓰고 잠자리에 들었다. 수없이 많은 문학 공모전에서 탈락과 고난을 맞이하고 경험해야 했다. 글을 쓰고, 책을 쓰다가 과로한 탓에 쓰러지기도 했다. 코피도 여러 번 흘렸고, 포기하고 싶다는 생각이 하루에도 수십 번씩 나를 괴롭혔다.

그간 노력하지 않고 안일하게 그저 아까운 시간을 보내면서 살아왔던 나 자신을 수없이 원망하는 마음을 갖기도 했고, 나를 한번 바꿔보자는 마음을 수없이 먹어가며 뜨거운 눈물을 반복적으로 흘리기도 했다. 그러나 나는 내게 찾아온 시련을 극복하기 위해 최선을 다했다. 그러다 보니 하늘에서는 노력에 대한 결과로, 각 부문 문학상 수상자로 당선되게 해주시고, 소설책 한 권과 자기경영서 두 권 (이번 책 포함)을 출간하게 되는 등, 매혹적인 결과를 내 손에 쥐어주었다. 이처럼 시련을 극복하고 즐길 줄 알아야 한다. 만약 내가 시련을 극복하지 못했더라면? 문학 공모전에 당선되기 전에 탈락의 쓴맛만 보고 그만두었더라면? 책을 쓰다가 1권을 다 쓰기도 전에 포기했더라면? 힘든 것을 이겨내지 못하고 주저앉았더라면? 과연 나는 지금쯤 어떤 사람이 되어있을까?

물론 사람이기에 완벽할 수는 없다. 로봇도 완벽할 수 없으며, 지구별에서 살아가는 생명체 중에서는 완벽한 동물이나 식물이 없다. 단, 단점을 알고 극복하려 하는 것이 중요하다. 나 또한 청소년 시절과 20대 초반 시절까지만 해도 무슨 일을 진행하다가 조금만 힘이 들면 포기하기 일쑤였다. 학업도 매한가지였다. 일일 목표량을 정하고 시험을 내다보며 한 발짝씩 진득하게 해야 하는 것이 공부임에도 나는 7일이면 7일, 14일이면 14일 이렇게 단기간 내에 승부를 보려고 하는 스타일의 소유자였다. 마치 시험 기간을 정하는 것처럼 말이다. 그러다 보니 항상 무언가를 잘할 수가 없었다. 어중간했고, 무언가 2% 부족하게 보여야 했다.

그런 나를 지금의 [도전맨], [꿈드림코치], [드림플랜 컨설턴트],

[자기계발 작가], [선후배의 만남 초청 강사]로 변화할 수 있게 했던 근본적인 이유는 시련 앞에서 포기하려고 하지 않고, 나를 바꿔보자는 의지와 열정, 그리고 부단한 노력 덕분이었다. 정말 힘들었다. 공부하려고 책상에만 앉았다 하면 잠이 오고, 책만 펼쳤다 하면 금세 눈꺼풀이 무거워졌던 나에서, 하루에 1권의 자기계발서 책을 읽고, 출퇴근 시 대중교통에서도 책을 읽는 나로 변하기까지. 또 책 읽기라면 죽도록 싫어했던 지난날에서 책을 3권째 쓰는 나로 변하기까지. '인생, 이렇게 사는 것이 다지 뭐.'라고 생각하던 내가 '아냐. 나도 내가 원하는 진정한 강사의 꿈을 이룰 수 있을 거야. 상준아 할 수 있어. 넌 지금도 열정적으로 하고 있잖아? 반드시 될 거야.'라는 긍정적인 마인드로 바꾸어 나가기까지 솔직히 너무 힘들었다. 바꿔 나가는 과정에서 어른들이 어릴 적 "상준아, 청소년일 때 노력을 하는 것이 가장 좋단다. 해야 할 시기가 있는 거야."라고 말씀하셨던 조언들이 머릿속을 파노라마처럼 스치고 지나갔다.

1년이라도 빠르면 빠를수록 좋다. 적어도 자신의 생활 방식을 바꾸고, 마인드를 바꾸는 일에 있어서만큼은 말이다. 그러나 30대라고 해서, 40대 또는 50대분들이라고 해서 절대 불가능하지는 않다. 살아온 방식과 마인드가 그만큼 오래갔기 때문에 1년이라도 빠를 때 하는 것보다 힘들 수 있다는 이야기다. 그렇다면 내가 시련이 찾아올 때마다 즐기려고 노력했던 5가지 노하우를 공개한다.

첫째, 힘들면 힘들다고 인정하라. 성공한 사람들도 힘들 땐 힘들었다. 단지, 힘든 순간에도 극복할 마음을 가졌을 뿐이었으니.

둘째, 피할 수 없으면 즐기라는 마음으로 매사에 임하라. 우리가 흔히 듣고, 하는 말이지 않은가?

셋째, 시련 때문에 주저앉을 것 같다면 주변 사람들에게 응원을 청하라. 주변 사람들은 분명 힘을 내라는 응원의 메시지와 목소리를 보내줄 것이다.

넷째, 포기하고 싶어질 땐 자기계발 책을 읽어라. 자기계발 책을 읽다 보면 가슴 속에서 무언가 뜨겁게 끓어오를 것이다.

다섯째, 두려울 땐 음식을 먹어라. 적어도 나는 그랬다. 먹을 때만큼은 입안에 부드럽고 달콤한 맛과 향이 퍼져서인지 잊혔다.

위 5가지가 나만의 노하우다. 꼭 참고해서 누구나 시련을 맞이하더라도 즐길 수 있고 이겨낼 수 있는 자기만의 암시법을 터득했으면 좋겠다. 2가지가 더 있는데 사용해보지는 않았던 방법임에도 해내길 바라는 마음으로 통 크게 아래에 공개하려다.

여섯째, 극도로 힘들고 지치면 하루 이틀쯤은 모든 것을 내려놓고, 자유를 누려라. 결코, 힘이 들지 않을 수가 없기 때문이다. 자기만의 암시법을 터득하는 일은 절대 쉬운 일이 아니다. 오랜 시간 단련하고 수련해야 하는 만큼 시간에 얽매여서는 이루어낼 수가 없다.

일곱째, 동기부여 강사의 동영상을 들어라. 강력한 메시지를 듣다 보면 포기하고 싶은 마음이 들더라도 순식간에 사라질지도 모르기 때문이다. 나 역시 그랬고, 원하고 바라던 일을 완성 시킨 사람과 그로 인해 성공한 사람들도 그랬다.

이로써 내가 자주 애용하던 7가지 방법을 모두 공개했다. 아직도 해낼 수 없을 것 같다는 마음이라면 10년 후를 떠올려보라. 그때는 과연 이루어질 수 있다고 보는가? 그래서 나는 명언 집을 좋아한다. 명언 집을 곁에 두고 계속 읽다 보면, 내가 원하는 말을 언제든지 볼 수 있고, 두려움이 스며올 때마다 언제고 해낼 수 있다는 자신감으로 바뀌기 때문이다. 지금 내가 자기 암시법이라는 책을 쓰면서도 '시련을 즐겨 보자!'는 자기암시를 충분히 하고 있다. 그런 만큼 이 책을 읽는 독자분들도 모두 해내겠다는 자기암시를 충분히 하여 더는 실패하지 않고 완성과 성공의 길만을 걷기를 진심으로 소원한다.

"용기를 잃는 것은 전부를 잃는 것이다."

-윈스턴 처칠

08단계.
'아름답게 견뎌보자!'

무릇 아름답게 견딘다는 건 쉽지 않은 일이다. 그러나 반드시 해내어야만 한다. 내게도 어릴 때부터 많은 시련이 뒤따랐었다. 솔직히 지금에야 말할 수 있는 사실이지만 자살하려고 했던 적도 있었다. 그만큼 무엇 때문에 살아가야 하는지 모르던 시절이 있었다. 그런데도 자존심은 뭐 그리 강했던 것인지 안 좋은 소리나 쓴소리를 단 1%도 듣고 싶지 않아 했다. 나에 대한 방어가 굉장히 강하고 첨예했다. 아주 예민해서 너무나도 과민하게 반응했다. 그러다 보니 항상 잘못은 내가 뒤집어쓰기 일쑤였다.

첫째(회사), "상준담당은 일은 잘하는 것 같은데, 스스로에 대한 방어본능이 너무 강한 것 같아."

둘째(부모님), "아들아, 왜 그렇게 너 자신을 잘 믿지 못하고, 방어만 하려고 하니…!"

셋째(친구), "상주이. 니 평소 행동을 보면 일은 잘할 거 같다. 잘할 것 같은데 와 그리 너한테 인색하고, 너에 대한 부분을 말하는 걸 싫어 하노? 그래가 되겠나?"

일을 아무리 해도, 내가 하고 싶어 하는 부분의 일을 하더라도, 자연스러운 대화를 나누더라도 위와 같은 3가지 반응이 대부분을 차지했다. 어떤 순간에서라도 자기암시가 생활화되어야 한다는 것을 깨닫지 못했기 때문에 일어난 일이었다. 내가 지금의 꿈과 열정 가득한 나로 바뀌게 되고, 아름답게 견뎌보자는 진정한 뜻과 암시를 알게 되기까지 많은 사례가 있었다. 그중 2가지 사례를 공개한다.

첫째, 수많은 입사원서의 실패사례가 있었다.

우여곡절을 많이 겪었다. 지금의 회사에 입사하기까지 나는 정말 여러 번의 좌절을 맛봐야 했고, 고배를 마셔야 했다. 인상이 강해서

일까? 아니라면 면접 때 말을 너무 못해서? 아니면 반대로 너무 말을 잘해서? 그것도 아니라면 스타일 자체가 강성이라서? 아니면 반대로 너무 다른 사람들의 뜻에 휘둘리면서 회사생활을 할 것 같아서? 이유는 나를 탈락시킨 기업의 인사팀에서만 정확하게 아는 것이지, 추측만 할뿐, 아무것도 100% 정확하게 알 수 있는 것은 없었다. 그래서 세상을 비관적으로 바라보기도 했고, 스스로 견딜 수 없는 치욕이라 생각하며 시시때때로 예민한 반응을 보이기도 했다. 친구 간의 만남 자체를 거부했던 적도 있었고, 가족 간의 모임에 전면 나가지 않겠다며 거절 의사를 밝힌 적도 있었다.

그러면 그럴수록 나만 더 비참해졌다. 그러나 그것만이 그때의 내겐 최고의 방법이었다. 나를 드러내지 않을 수 있고, 위로받지 않을 수 있는 최고의 방법이라 생각했다. 자존심은 극도로 절정을 찍어갔지만, 반대로 자존감은 극도로 낮아졌다. 아름답게 견뎌내는 것은 머나먼 다른 세계에 있는 사람들만이 할 수 있는 일로 여기며, 나를 더욱 궁지로 몰아넣기만 했다. 그랬던 결과, 나만 속을 끓였다. 스트레스로 인해 성격은 폭군처럼 되어만 갔고, 별 것 아닌 일에 극도의 예민 반응을 보이며 물건을 집어 던진 적도 있었다. 그랬던 시절이 있었다. 지금 그때의 나를 생각하면 정말 아쉬움이 가득하다. 그저 입사하고자 하는 회사와 내가 맞지 않았을 뿐인데, 내가 나를 철저히 못난 사람으로 생각했었으니 말이다. 그래서 앞으로는 두 번 다시 같은 실수를 반복하지 않겠노라고 생각하고 또 생각하며, 누구보다 앞장서서 희망과 긍정적인 마인드, 용기를 가지라는 뜻을 진심으로 전하고 있다.

둘째, 불안했지만 시도하지 않으려 했던 실패사례가 있었다.

미래에 대한 막연한 불안감으로 마음을 졸였던 시기가 있었다. 물론 지금도 전혀 평온한 것만은 아니다. 사람이기에, 인간이기에 누구나 그럴 수 있고, 그런 마음을 가질 수 있는 권리가 있다. 그러나 예전의 나를 두고 실패했었다고 표현하는 이유는, 시도조차 하지 않으려 했었기 때문이다. 불안하면 그에 마땅히 무언가라도 시도하고 이겨내려고 노력을 해야 했는데 정말 한순간도 그러지 못했다. 잘하는 것이 없다고 여겼고, 할 줄 아는 것이 없다고 판단했으며, 나는 승리자, 성공자가 되지 못할 것이라고 강력하게 믿고 생활했었다. 그저 불평불만만 진득하게 많고, 불안한 생각만을 많이 했던 나약한 존재로 전락해있었다.

우여곡절 끝에 취업은 했지만, 여전히 불안한 마음은 계속되었다. 쉽게 줄어들지 않았다. 열심히 일해서 돈을 벌고 차곡차곡 적금을 넣고 행복하게 살아가는 친구들이나 직장동료들을 볼 때면 '나는 어찌해서 이러한가?'를 원망하기까지 했었다. 평범함을 원치 않는다는 생각은 추호도 하지 못한 채 다른 나를 원망만 했다. 그러다 보니 직장생활에도 점차 흥미를 잃었다, 나 자신의 가능성도 점차 옅어지는 결과를 초래했다. 문득 죽고 싶다는 생각에 아파트 15층 난관에서 땅을 쳐다보고 한참을 서 있기도 했으며, 남몰래 유서를 쓰기도 했다. 왜 살아야 하는지, 그저 '부모님께서 태어나게 해주셨다는 이유만으로 살아야 할까?'를 생각하며, 차가 쌩쌩 달리는 도로 속으로 내 몸을 내던지기도 했다. 정말 세상의 절망이란 절망은 모두 내가 짊어진 것처럼 행동했었다.

그러다 어느 순간, 불현듯 '나를 위해 노력하자.'는 생각과 더불어 '내가 좋아하는 일을 잘하는 일로 계발시켜보자. 그럼 달라질지도 모르잖아?'라는 생각들이 내 머릿속을 바꾸기 시작했다. 한심한 나 자신이 싫었던 나머지, 또 다른 나 자신이 가슴 한편에서 태어나고 있었다. 그때부터 정말이지 미친 듯이 바뀌려고 노력하기 시작했다. 아름답게 견뎌내자는 생각을 나도 모르게 실천하기 시작했고, 그간의 내 모습에서 발전적인 내 모습으로 변화하기 위한 필살의 시도를 했다. 더는 나를 실패할 자로 옥죄고 싶지 않아졌고, 나도 성공할 수 있다는 생각이 점령했다. 모든 것은 한순간이었다. 내가 나를 사랑하게 된 순간 세상이 달라 보였다. 그것이 지금의 내 모습을 만들었으며, 미래가 창창한 청년으로 바뀌게 해준 일등공신이 되었다.

  이렇듯 사람은 누구나 실패하고 실수한다. 실패와 실수를 어떻게 극복하느냐, 어떤 마음 자세로서 견뎌내느냐가 앞으로의 자신을 그려가게 되는 것이다. 물론 실패를 하고, 실수했을 때 마냥 긍정적인 생각만으로 바라볼 수 없을지도 모른다. 왜냐, 습관이 되어있지 않기 때문이며, 자기만의 암시법을 통해 관리하는 방법을 모르고 있기 때문이다. 그렇다면 어떻게 해야 할까? 좌절하지 않으려 해도 좌절감이 든다면, 실패의식이 가져진다면, 우선은 좌절하고 실패의식을 가져라. 어쩔 수 없다. 그러나 재빨리 회복하라. 일상으로 최대한 빨리 돌아오도록 자신을 채찍질하고, 실패하고 실수했던 그 일을 다시 재도전하라. 힘들더라도 꼭 그렇게 해보라. 그래야만 변할 수 있다. 자신을 1%라도 바꾸는 일은 결코 쉽게 되는 일이 아님을 명심하라. 뼈를 깎는 고통이 있어야 한다고 어른들이 말씀하시는 이유가 바로 그것이니까 말이다.

"위기의 시기에는 가장 대담한 방법이
때로는 가장 안전한 방법이다.

- 키신저

09단계.
'즐겁게 달려보자!'

'즐겁게 달린다.'라는 뜻은 무엇일까? 어딘가에 뛰어갈 때 즐거운 마음으로 뛰어간다는 것일까? 물론 그 말도 맞는 말이긴 하다. 그러나 내가 말씀드리고자 하는 즐겁게 뛰어보자는 것은, 어떤 일을 하든지 즐겁다는 생각을 바탕으로 해내는 자세를 가져보자는 것을 뜻한다. 흔히 어떤 일을 할 때, 불평불만을 입에 달고 일을 진행하게 되면 꼭 결과도 좋지 못하며, 함께 일하는 사람과의 관계까지도 틀어지게 된다. 그래서 서로에 대한 배려가 필요하고, 한쪽이 조금 업무적응이 느리거나 서툴러도 충분히 이해해줄 수 있어야 한다. 사람은 다 똑같을 수 없다. 같은 피를 가진 부모 형제와도 성격이 달라서 매일 같이 싸우는 판인데, 피 한 방울 안 섞인 사이에 어떻게 생각이 같고 성격이 같기를 바라는가? 그러니 즐겁게 달리기 위한 자기암시를 할 때는 누군가에 대한 배려심도 반드시 가져야 할 덕목이라고 말할 수 있다.

내게 20대 중반이라는 나이는 취업하게 되었다는 것도 있지만, 그것보다도 꿈과 목표를 정하고 달려나갈 수 있게 된 뜻깊은 시기라는 점에서 참 특별하고 소중한 시간이었다. 취업해도, 회사에서 근무해도, 1년이 지나는 순간부터 다람쥐 쳇바퀴 도는 것 같이 느껴졌다. 직장에 다니고 있지만 무언가 불안했다. 진급 시기에 선택받지 못하면, 고과 점수를 매기는 시기에 잘 받지 못하면 어떡해야 할까란 불안함 속에서 정년퇴직할 때까지 버텨나가고, 평생 헤쳐 나가야만 한다는 생각이 내 숨통을 많이 옥죄어왔다. 사실 사무직에 종사하거나 관리직에 종사하는 직장인들 대부분이 그렇지 않겠느냐마는, 또 나보다 한 직장에서 훨씬 경력이 오래된 분들도 많겠지마는 더는 이대로 넣 놓고 있어서만은 안 된다는 짜릿한 생각이 온몸을 전율케 했다. 그래서 나 스스로 할 수 있다는 암시를 시작으로 용기 내어 참아보자는 암시까지 원활히 할 수 있는 나에 이르게 되었으며, 나를 관리하고 이렇게 꿈을 향해 나아가보자는 생각으로까지 번져나갈 수 있었다.

우리는 흔히 말한다. 피할 수 없으면 즐기라고. 그런데 애석하게 도 대부분 사람은 알면서도 행동으로 옮기지 못한다. 책을 써야겠다 는 다짐을 예로 들자면, 우선 저자가 쓰고자 하는 바가 일정 분량이 되어야 출판사에 투고할 수 있다. 그러나 기본적인 투고 분량(A4용 지 130장~150장 내외)을 쓰려고 하다 보면, 분명히 피할 수만 있으 면 피하고 싶도록 정신적 고통이 밀려올 때가 종종 발생하게 될 것 이다. 쓰고자 하는 주제에 대한 글귀가 떠오르지 않을 때 특히 그런 마음을 갖게 되는 경우가 많다. 원고를 책으로 완성하기 위해서는, 그럴 때도 즐기는 마음으로 '완성'이라는 끝을 향해 돌파해나가야만 한다. 이때가 그 타이밍이라고 할 수 있다. 피할 수 없으면 즐기자는 것을 실행해 나갈 때이며, 즐거운 마음으로 원고 완성을 향해 달려 나갈 때 비로소 글은 훌륭한 '완성원고'로 다시 태어난다.

그러나 불평불만과 '힘든데 어떡하라고!'라는 등의 부정적인 생각 만 가득히 하다 보면, 안 그래도 떠오르지 않는 글귀는 더욱 떠오르 지 않아 결국 쓰기를 등한시하게 된다. 그러다 보면 결과는 원고를 완성조차 하지 못하게 되는 결과를 초래하게 될 것이다. 즉 실패로 최종 결정이 나게 되는 것이다. 다른 분야도 마찬가지다. 공부도 마찬가지며, 일도 마찬가지다. 100개를 생산해내어야 하는데 귀찮다는 이유로 30개만 만들면, 결과는 30개일 것이고, 회사에서 해낼 능력이 없는 자로 낙인이 찍히지 않겠는가? 그래서 필요한 것이 바로 즐긴다는 생각으로 임할 줄 아는 마음이다.

만약 아직도 어렵다면 내가 하는 방법을 소개해드리겠다.

첫째, 일을 시작하기 전 '일이 정말 즐겁다!'를 5번 외친다.

둘째, 맘속으로 '이 일은 내가 해낼 것이다.'를 3번 외친다.

셋째, 해냈을 때를 떠올리며 승리의 미소를 지어본다.

넷째, '내가 이 일을 못 해내면 어떡하지?'라는 불안한 생각이 들기 전에 시작해버린다.

다섯째, 마지막으로 '5분만 지나고 나면 이 일은 완성하게 될 거야.'를 생각하며 일을 처리해 나간다.

위와 같이 총 5단계를 차례대로 진행한다. 그러다 보면 일은 '즐기는 마음'을 가득 머금은 채 어느새 끝나있고, 해냈다는 강력한 성취감이 짜릿함과 함께 나를 찾아와있으니까. 이처럼 어떤 일을 즐긴다는 것은 일의 성패를 좌우할 만큼 중요한 일이다. '최후의 만찬', '모나리자' 등을 그려, 르네상스의 대표적인 인물이 된 레오나르도 다

빈치는 말했다. "식욕 없는 식사는 건강에 해롭듯이, 의욕이 동반되지 않은 공부는 기억을 해친다."라고. 이 명언의 뜻이 무엇인가? 아무런 생각 없이 어떤 일을 성공적으로 완료하고자 하는 것보다, 자기암시를 통해 의욕을 충전한 후 일을 진행해나가는 것이 훨씬 성공적인 완료가 될 가능성이 충분해진다는 것을 증명해주는 것이 아닐까? 즐겁게 달리는 스케이팅 선수가 올림픽에서 금메달의 영예를 얻고, 의욕적으로 뛰어가는 말이 경주마로 급상승하듯이.

 내가 즐거운 마음으로 책을 써나가고 있는 것처럼, 이 책을 보는 모든 독자분께서도 '이까짓 일이 뭐라고 내가 주저해야 하는가?!'라는 생각으로 바로 실천해보길 바란다. 로또 1등을 소원으로 비는 자에게 신이 말하길, "로또 1등이 되고 싶다면, 먼저 로또부터 사라!"라고 말씀하셨다는 웃긴 일화가 있는 것처럼, 실천은 두려움으로부터 멀어지게 하고, 갖고 싶었던 것을 갖게 되고, 원하던 것을 가장 빨리 얻을 수 있는 지름길이 되는 것임을 알아야 한다. 그렇지 않겠는가? 위에서도 말했듯 배가 고프면 밥을 먹어야 배고픔이 사라지고, 목이 마르면 물을 마셔야 목마름이 사라지게 된다. 무언가를 이루고자 할 때는 그 방향을 정확히 알고 실천해야만 이룰 수 있게 되는 것은 당연한 사실이니까. 진리를 의심하지 마라. 그러다 보면 반드시 자기암시와 실천의 대가가 되어있을 것이니까 말이다.

"극복할 장애와 성취할 목표가 없다면

우리는 인생에서 진정한 만족이나 행복을 찾을 수 없다."

- 멕스웰 몰츠 -

10단계.
'용기 내어 참아보자!'

용기를 낸다는 것과 참는다는 것, 과연 이 둘은 무슨 관계가 있을
까? 그것은 용기 있는 자만이 먼저 뜻을 굽힐 수 있고, 참아야 할 때
참을 수 있다는 것을 뜻한다. 참지 못한다는 것은 꿈과 목표를 이루
는 데 있어서 가장 큰 적이다. 특히나 놀고 싶은 마음을 참지 못하면
정말 아무것도 이룰 수 없다. 내게 요즘 가장 많이 들려오는 3가지
질문이 있다. 아래와 같다.

첫째, "박작가님, 목표를 좀 쉽게 이루는 길은 없을까요?"

둘째, "일 마치면 힘들어서 세운 목표를 이루지 못하게 될 때가 많아요. 이럴 땐 어떻게 해야 할까요?"

셋째, "저는 왜 놀고플 때 못 참는 걸까요? 고민이에요."

첫 번째 질문에 대한 대답은 당연히 "없습니다."이다. 그만한 노력을 쏟아부어도 때에 따라 해내지 못하는 경우가 생기는 법인데, 목표를 쉽게 이루는 방법을 알려달라니? 애초에 그런 방법은 없다는 것을 명심해야 한다. 끊임없는 노력이 가장 쉽게 이루는 방법임을 아직도 모르겠는가! 어떤 분들은 기적 같은 행운만을 절실히 기다리기도 하시는데 이를 볼 때마다 안타까운 마음이 절로 든다. 행운도 노력하는 사람에게 기회로 변장하여 찾아가는 법이다. 성공한 사람들에게 물어보라. 노력 없이 절대적인 행운만으로 꿈을 이루고, 목표를 달성했는지를. 아마 십중팔구는 오히려 질문하는 당신을 이상하게 쳐다볼지도 모른다. "노력이 없는데 대체 무엇이 될 것으로 생각하시는가!" 하시면서 말이다.

두 번째 질문에 대한 대답은 "의지를 키우십시오."이다. 나 역시나 글을 쓰거나 책을 쓸 때, 쉬는 날에만 쓰는 것은 아니다. 때때로 자정에 퇴근하더라도 새벽 2시~3시까지 쓰고 잤기에 가능했으며, 만약 그러한 피눈물 가득한 노력이 없었다면 지금의 내 모습도 없을 테니까. 나도 회사를 마치고 집으로 돌아갈 때면, 너무 고되어 대중교통 내에서 졸다가 종점까지 갔던 경험도 많이 있었고, 코피를 흘리는 것은 부지기수였으며, 집에 도착하면 바로 누워서 쉬고 싶은 마음 굴뚝같지만 성공한 미래를 떠올리며 참고, 할 수 있다는 무한적인 자기암시를 하기도 했기 때문이다.

세 번째 질문에 대한 대답은 "간절함이 부족하기 때문입니다."이다. 간절함은 불가능해 보이던 것들도 가능하게 만들고, 도저히 있을 수 없다고 판단되던 일까지도 될 수 있도록 만든다. 그래서 반드시 성공하겠다는 간절함을 가진 사람이 어떤 고난과 역경 속에서도 성공을 거두는 확률이 높은 이유이기도 하며, 어떤 일에서든 성과가 높을 수밖에 없는 이유이기도 하다. 자신이 입사하고 싶은 기업에 최종 합격하고 싶은 지원자는 무슨 수를 써서라도 필승하겠다는 다짐과 신념을 갖고 뛰어든다.

그러면서 어떤 질문을 받든 지 무조건 면접관이 원하는 대답에 최대한 대답하려 하며, 일반 지원자들보다 능동적이고, 적극적인 모습을 보이게 되니 면접관 눈에도 당연히 들 수밖에 없질 않겠는가? 그래서 나는 세 번째 질문에 대한 대답을 간절함 부족으로 말했다.

참는다는 것은 진정한 용기가 필요하다. 화가 난다는 이유는, 분명 본인에게 다소 억울한 일이 발생했거나 어이없는 일을 당했을 때 생겨나는 것이다. 그런 만큼 순간을 참고, 심호흡을 몇 번씩 하면서 상대를 배려하고, '그래, 뭐 그럴 수 있지.'라고 생각하고 참는 일이 결코 쉬운 일이 아닌 것은 자명한 사실이다. 나 역시나 아직도 '참아야지'라고 생각하면서도 정말 스트레스받는 일이거나 의견 차이가 심할 땐 화가 나고, 그러다 보면 참지 못할 때도 있으니까.

그래서 극한의 상황에 화를 참아내는 분들을 보면 정말 대단하다는 생각이 들며, 어떻게 그럴 수 있는지 제대로 된 방법을 배우고, 메모해서라도 내 습관으로 만들고 싶기까지 하다. 그래도 예전의 나보다 훨씬 화를 많이 참아낼 줄 안다. 나름 완벽주의인 터라 지금 일하는 회사에서도 잘못되는 경우를 못 보는 나였기에 입사 1년 차, 2년 차까지도 화를 냈던 적이 많다. 그러나 지금은 화는 나지만 최대한 드러내려 하지는 않는다. 왜 하지 않았느냐고 뭐라고 하고 넘어가고 싶을 때도 있지만, 그냥 내가 하자는 생각으로 넘겨버린다. 이 역시나 아래와 같은 3가지 자기암시 덕에 가능한 것이었다.

첫째, '그래, 화내봐야 뭐해. 나만 이상하게 되는데 뭘.'
둘째, '잘해보자고 화를 내도, 받아들이는 사람은 아니잖아.'

셋째, '상준아, 지금 네가 화를 내려 하는 이유가 정말 너 자신에게 화가 나서 그런 거야? 아니잖아. 그냥 물 흘러가듯 사람들을 대하자. 화를 내는 순간 그저 너는 화를 내는 사람이라는 이미지만 줄뿐이야.'

어느 순간 찾아왔다. '내가 왜 회사에서 화를 내고 있지?'라는 생각이 말이다. 진열이야 굳이 '내가 하지 않더라도 보이는 사람이 하겠지?'라고 생각하고 넘기거나 '다들 바쁘다 보니 그렇겠지.'라고 생각하고 넘겨버리면 그뿐인데 이제껏 뭐가 화가 난다고 나만 결국 이상한 사람이 되어가면서도 화를 냈던 건지 이해할 수 없었다.

지난날을 떠올려보면 화를 냈기 때문에 일은 열심히 하면서도 이상하리만치 좋지 못한 이미지를 얻었던 것 같다. 그래서 앞으로는 자기암시를 더욱더 열심히 해서 지금까지 썼던 10가지 자기암시를 좀 더 확실히 각인시킬 수 있도록 노력할 것이다. 그러니 이 책을 읽는 독자분들 모두가 함께 성공적인 자기암시 할 수 있도록 제대로 한번 마음을 굳건히 다져보자.

1장에서 우리는 《자기암시를 위해 바탕에 두어야 할 것》들에 대해 배워보았다. 그러나 배울 때보다도 복습이 중요하다. 실행에 옮기지 않는다면 배워보아야 아무 필요가 없기 때문이다. 배웠으면 바뀌려고 노력해야 하고, 그러다 보면 어느새 자신의 마인드를 컨트롤 하고, 원하는 것을 향해 발걸음을 내디딜 수 있게 되며, 완성을 시켜나가는 데 있어서 지대한 역할을 하게 될 수 있다. 그러니 행동하라. 그것만이 자신을 바꾸는 길이며, 앞을 향해 나아가는 길이 될 것이니까.

"용기는 두려움이 없는 상태가 아니다.
진정한 용기란, 두려움에도 불구하고
행동하는 상태이다."

- 괴테 -

제2장

· · · ·

생각경영을 위해
해낼 수 있어야
할 요소들은?

'N giving up Generation'

Go for it with self-suession!

생각경영을 위해
해낼 수 있어야 할 요소들은?

★

11단계.
'의지를 잃지 마라!'

의지를 잃어서는 아무것도 이룰 수 없다는 말이 있다. 의지란 무엇인가? 무언가를 이루기 위해 기본적으로 가지는 마음의 법 같은 것이다. 의지를 잃는다는 것은 모든 것을 잃겠다는 것과 같은 것이며, 이제껏 성공한 사람 중에 하고자 하는 일에 있어서 의지를 잃었음에도 해낸 사람은 한 명도 없다. 그만큼 의지를 가지는 일은 중요하다. 의지만 있다면, 안 되는 일도 될 것이고, 해낼 수 없다고 생각했던 일도 성공적으로 해낼 수 있는 요인이 되는 것이다. 그러나 반대로 의지가 없다면, 그 어떤 벌보다도 더 참혹한 결과를 맞이하게 된다. 왜냐하면, 모든 일을 실행하고, 나아가는 것에 있어서 의지가 없다면 사실 해낼 수 있는 일이 아무것도 없기 때문이다.

나는 의지를 갖기 위해 아래 3가지 암시를 많이 한다.
첫째, '모든 일은 내가 시작하고, 내가 끝내는 거야.'
둘째, '성공하기 위해서 반드시 가져야 할 요소인 거야.'
셋째, '의지 한 번만 가지면 이룰 수 있는 일들이 많잖아. 고작 의 지 하나 안 가져서 해내지 못하고 아쉬워할래?'

그래서인지 놀라울 정도로 해낼 수 있는 효과를 크게 맞이하기도 한다. 의지를 잃을 때면 항상 하는 것이 자기암시이기에 언제고 다 시 의지를 충족할 수 있기도 하고, 상황을 변화하게 할 수도 있다.

아버지, 이제부터 절대 의지를 잃지 않겠습니다.

나는 다짐하고 또 다짐했다. 나를 바꾸고자 하는 마음을 가지기 위해서 말이다. 하루는 아버지께서 새벽 3시에 일을 마치고 집으로 돌아오셨다. 그때 나는 두 번째 책을 쓰고 있을 때였다. 자지 않고 열중하고 있는 내게로 다가오시더니 여쭤보셨다.

"뚜벅아. 뭘 그리 열심히 하노?"

"아, 네. 글 쓰는 중이었습니다."

"요즘 네 모습이 무언가에 미친 듯이 보이는데 도대체 왜 이렇게 변한 것인지 궁금하구나."

"저는 너무 놀았습니다. 노력도 하지 않고 무언가가 간결하게 이루어지길 바랐습니다. 가만히 있어도 될 줄 알았습니다."

"그랬더니 아무것도 이루어지는 것이 없다는 걸 깨닫겠더냐?"

"네. 무언가를 이룬 사람들은 결코 가만히 있어서 이룰 수 있었던 것이 아니라는 것을 깨닫고 진정으로 알게 되었습니다. 친구가 소개해주었던 책도 그것을 느끼는 것에 한몫했지만, 오히려 사회에서 느낀 다람쥐 쳇바퀴 같은 현실이 더 크게 저를 이끌었던 것 같습니다."

"그래. 아버지는 요즘 네가 너무 기특하다. 사람이 바뀌는 것은 한순간이라더니 꼭 맞는 말이라서 더더욱 그러하다."

"아버지, 이제부터 절대 의지를 잃지 않겠습니다. 지난날을 생각하면 너무 바보 같습니다. 그저 남 탓만 하려 했고, 아무런 노력도 없으면서 이루어지지 않는다고, 왜 나는 이러냐고 투정을 부리듯 행동했습니다. 그런데 그러면 그럴수록 바뀌는 것은 정말 아무것도 없었습니다. 늘어가는 불평불만으로 제 이미지만 안 좋아지는 것이 눈에 보였습니다. 그래서 이제부터는 의지를 갖고 노력하다 보면 이룰 수 있다는 암시를 토대로 살아가려고 합니다."

"그렇구나. 방금 이 아빠는 좀 놀랐다. 네 나이 또래 애들이 다들 그리 생각하지는 않을 텐데 싶어서 말이다. 그래, 이 아빠도 살아보니까 계속해서 뚝심 있게 노력하는 사람이 성공하더라. 기회는 노력하는 사람에게 주어지지, 아무런 노력도 하지 않은 채 탐내는 사람에게 주어지지는 않더구나. 정말 대견하다. 이제부터 시작해도 절대 늦지 않다. 최선을 다해보아라."

의지를 가지면 모든 것이 가능해진다. 자기암시도, 하고자 하는 의지도, 해낼 수 있다는 생각까지도. 모든 것은 의지로부터 시작된다. 하고자 하는 의지가 없는데 자기암시가 왜 필요하며, 해내고자 하는 생각이 없는데 어떻게 노력이 뒤따르겠느냔 말이다. 최근에 김주형 저자가 쓴 《미래와 진로를 고민하는 20대가 준비해야 할 것들》이라는 책을 읽게 되었다. 책을 쓴 김주형 저자는 꼭 나랑 같은 생각을 하는 사람 같이 보였다. 읽는 내내 공감되고, 집중되게끔 했다. 2011년도에 3M Korea에 입사한 그는 현재 6년째 다니고 있는 직장생활을 통해 얻은 것들을 청춘들에게 전해주려 했던 책을 쓰게 되었다. 읽으면서 가장 감동하였던 문구가 있다면 아래와 같다.

"성공한 많은 사람은 도저히 이룰 수 없을 것 같은 일을 가능하게 했는데, 그 비밀은 새벽에 있다고 증언한다. 새벽은 원기를 강화하는 호르몬의 분비가 왕성한 시간대이며, 방해요소가 없으므로 집중할 수 있는 최고의 시간이다. 자신이 추구하는 삶의 목표와 꿈을 이룰 수 있느냐의 여부는 하루를 어떻게 경영하느냐에 달려있고, 그 하루의 시작은 새벽에서 비롯된다. 찬란한 하루를 누리기 위해 그리고 후회 없는 인생을 살아가기 위해 새벽 시간을 잘 활용해보자. (73page)"

정말 훌륭한 문구다. 새벽 시간을 활용한다는 것 말이다. 그런데 나만의 색깔로 조금 더 추가하고 싶은 단어가 있다면 "성공한 많은 사람은"이라는 단어 뒤에 "의지를 갖고"라는 단어를 포함하고 싶다. 성공이라는 것도 그만큼 의지를 갖지 않으면 이룰 수 없고, 해낼 수 없다고 믿기 때문이다.

아들아, 힘들어도 절대 의지를 잃지 말거라.

아버지와 의지를 잃지 않겠다는 대화를 나눈 후 아버지께서도 전과는 다른 모습을 보여주셨다. 항상 나를 염려하고, 불안하게 생각하셨던 평소의 모습과는 달리 전적으로 응원해주는 모습으로 바꾸어주셨다. 하루는 내게 사과를 깎아주셨다. 아버지께서 보시기에 내가 약간 지쳐있었나 보다. 그래서 사과를 함께 먹으며 말씀하셨다.

"아들아. 힘드냐?"

"아닙니다. 괜찮습니다."

"힘들 때 힘들다고 아빠한테는 말해도 된다. 다른 사람도 아니고 아빠한테 힘들다고 하는데 누가 뭐라 하겠느냐."

"알겠습니다. 앞으로는 그럴게요."

"아들아, 힘들어도 절대 의지를 잃지 말아라. 내가 해줄 수 있는 것은 이렇게 말로 위로를 해주고, 격려해주는 일뿐이구나."

"네. 전 한 번 한 말은 최대한 지키려고 노력합니다. 얼마 전에 아버지께 제가 말씀드렸었잖아요. 의지를 잃지 않겠다고. 제가 원하는 꿈과 목표를 달성하는 날까지 절대 잊지 않을 것입니다."

"그래, 고맙구나. 반드시 이루는 모습을 보여주길 바란다."

어떻게 보면 아버지께서는 이제껏 내가 노력하는 모습을 보여주길 바라셨을지도 모른다. 그러나 나는 그것을 알지 못했다. 기아자동차 생산직 채용에 여러 차례 불합격하고, 정말 힘들었을 때 더 노력하는 모습으로 아버지께 나아갔어야 함에도, 집 밖에 나가지 않겠다고 내 방에만 틀어박혀 있었던 일 등이 떠올랐다. 그 순간, 나는 매서울 정도로 크게 다짐했다. '절대 해내고자 하는 의지를 두 번 다시는 잃지 않겠다.'라고 말이다. 그만큼 절실했고, 더는 잃어선 안 될 것이라고 보였으며, 무엇보다 부모님께 못난 내 모습을 보여드려선 안 되겠다고 생각했다. 부모님께선 내게 계속해서 공부에 대한 중요성과 의지를 말씀해주시고, 보여주셨지만 내가 따르지 않았다. 공부가 뭐가 중요하고, 열정이 뭐가 중요하며, 꿈이 뭐가 그리 대수냐고 말하며 오히려 삐딱한 나 자신을 굳건히 했다. 그 결과 연이은 입사 지원 실패와 사회 속에서 설 곳 없는 나로 고스란히 돌아왔다.

내가 하지 않음으로 인해 부모님께도 걱정을 끼쳤고, 나 자신에게도 미안해해야 했으며, 무서운 사회의 장벽 앞에 바람 앞의 등불과 같은 신세가 되어야 했다. 두 번은 같은 실수를 되풀이하지 않으리라고 얼마나 다짐을 했는지 모른다. 그래서 의지를 잃어서는 아무것도 이룰 수 없다고 말하는 것이며, 글쓰기를 통해 전하려 하는 것이다. 이 책을 읽는 독자분들은 반드시 외쳐보았으면 좋겠다. "성공하겠다는 나만의 의지를 절대 잊지 않겠다!"라고. 그리하여 모두 의지와 열정을 갖고 노력을 통해 본인이 원하는 성공의 길로 한 발짝 나아가기를 바랄 뿐이다.

"인생에서 만족을 찾느냐 못 찾느냐는
지난 세월의 이야기가 아니라 의지에 달려 있다."

- 미셸 드 몽테뉴

12단계.
'계획 갖고 움직여라!'

꿈에는 마땅한 목표가 있어야 하고, 계획이 뒤따라야 한다. 적을 막고 승리를 쟁취하는 장수는 병법에 능하듯이, 꿈에도 목표라는 병법이 뒷받침되어줄 때 실현될 수 있게 되는 것이다. 계획이라는 것이 없으면 아무것도 이룰 수 없다. 내가 계획을 세우고 움직일 수 있게 된 결정적인 이유 3가지가 있었다.

첫째, 목표를 뒷받침하는 것은 계획이다.

둘째, 계획이 없이는 무언가에 도전하더라도 쉽게 부딪히게 된다.
셋째, 어디서, 어떻게 노력을 해야 하는지 나침반처럼 방향을 제시하는 것이 바로 계획이다.

20대 초반까지는 나도 생각해보면 참 계획 없이 행동했다. 무엇이 가장 중요한지를 모른 채 두서없이 행동했다. 2013년도에 떠났던 코레일 내일로 여행에서도 '어디를 반드시 여행해보겠다!'가 아닌 발 닿는 대로 기차역이 닿는 대로 여행을 했었다. 대한민국 땅을 1바퀴 크게 돌아보자는 신념에 들떴던 나머지, 무작정 출발했다. 내가 여행하고자 했던 지역의 기차 출발 시각이 언제라는 것 정도는 충분히 알아보고 갈 수도 있었을 텐데도 그러질 않았다. 계획이 없다 보니 정말 목적 없이 움직였고, 아직도 그 내일로 여행에 아쉬움이 남을 정도가 되었다. 그러니 꼭 계획을 갖고 움직이기를 바라고 원한다.

계획하는 삶에 대한 알랜케이의 유명한 명언이 있다. "미래를 예측하는 최고의 방법은 미래를 창조하는 것이다." 미래를 창조하려 하기 위해서는 계획을 세우지 않고는 불가능하다. 예를 들어, 1년에 1,000만 원의 적금을 완성하기 위해서는 매달 80~100만 원의 돈을 적금통장에 넣어야 가능하다는 계획을 세워야 하듯이 말이다. 또한, 대학생의 경우 좋은 성적을 얻고 싶다는 목표가 있다면, 시험 기간

동안 어떤 과목을 어떠한 방법으로 공부하겠다는 계획을 세우고 움직여야만 목표에 도달하는 것이 가능해진다.

이렇듯 계획의 힘은 매우 효과적이다. 우리 회사에서도 올해의 매출 목표를 세우고 직원들에게 공유한다. 만약 2018년도의 목표가 1.2라면 1월부터 12월까지 매달 달성해야 할 목표치에 대한 계획을 수립하며, 계획한 후에는 행동으로 옮긴다. 그래서 이룰 수 있게 되는 것이며, 설상가상으로 이루지 못한다 하더라도 달성실패에 대한 이유를 얻을 수 있게 되니 실질적으로는 손해가 아니라 교훈으로 삼을 좋은 기회가 되는 것이다.

만약 누군가가 "실패하고 싶습니까?"라고 질문을 한다면, "네!"라고 대답할 수 있겠는가? 어떤 일에 실패할까 봐 시도조차 하지 않는 것은 너무나도 어리석은 일이다. 실패하지 않을 수 있는 최선의 계획을 만들고, 그에 따라 노력한다면 반드시 절반 이상은 이룰 수 있을 테니까. 말 그대로 '시작이 반'이다. 시작하면 절반은 이루어졌다는 뜻이며, 내가 말하고자 하는 절반 이상을 이룰 수 있다는 것도 이와 다를 바가 없다.

알랜케이의 명언처럼 미래를 창조하기 위해 계획을 세워보라. 본인이 좋아하는 취미나 특기를 계발하기 위해 계획을 세운다든지, 회사에 다닌다면 업무 능력을 키우기 위한 계획을 세운다든지 말이다. 앞서 말했지만 할 수 있다. 자격증을 취득하기 위해서는 취득하고 싶다는 생각만으론 안 되지 않던가? 모든 일에는 순서가 있는 법이다. 꿈을 설정했다면, 그에 따른 목표와 계획을 세우는 것이 두 번째다. 그런 후, 이루기 위해 노력하고 계속해서 도전하는 것이 세 번째다. 이렇듯 모든 성공은 계획을 갖고 행동할 때 가능해진다는 것을 반드시 명심 또 명심하자.

"지금 적극적으로 실행되는 괜찮은 계획이

다음 주의 완벽한 계획보다 낫다."

-조지 S. 패튼

13단계.
'있는 힘껏 즐겨라!'

무릇 사람은 즐기면서 일을 해야 한다. 나는 일이나 취미 생활, 자기계발 등을 해 나갈 때 아래 5가지의 암시로 먼저 나 자신을 즐겁게 만들고 나서 시작한다.

첫째, '상준아. 드디어 글을 쓸 시간이야.'
둘째, '네가 원하는 대로 마음껏 드러내 봐!'
셋째, '힘들다고 생각하기 없기다!'

넷째, '너는 잘 해낼 수 있으니까 즐기면서 해~'
다섯째, '네가 쓴 글로 인해서 다른 사람들은 용기를 얻기도 할 테
니까 자부심을 느껴봐.'

즐거운 마음을 만들어 놓고 일을 진행하다 보면 그러지 않았을 때
와 확연히 달라지는 것이 있다. 바로 '긍정적인 기운'과 '행복한 시
작'이다. 이것이 바로 자기암시의 힘이다. 도저히 해낼 수 없을 것
같은 힘듦 속에서 무난히 해낼 수 있게 하는 힘, 더는 사용가치가 없
을 것 같은 메마른 흙에서 새싹이 피어나게 하는 힘, 죽어가던 콩나
물을 다시 풍성하게 살리는 힘. 이 모든 것은 바로 즐겁게 해낼 수
있다는 자기암시 덕에 가능한 것이다. 우리는 초등학교 과학 및 실
험관찰 시간에 콩나물의 변화에 대해서 배워본 적이 있다. '실패',
'하기 싫어.', '어차피 죽을 텐데 뭘.'이라고 말하는 것을 계속해서 듣
고 자란 콩나물은 얼마 버티지 못하고 곧 죽어버린다. 그러나 '오.
정말 예쁘네.', '다시 키울 수 있을 것 같아.', '물도 자주 갈아주고 천
으로 잘 덮어두면 다시 좋은 콩나물로 자라나게 될 거야.'라고 말하
는 것을 계속해서 듣고 자라는 콩나물은 아주 풍성해지고 양도 늘어
난다는 사실을 말이다.

나 역시나 마찬가지의 경험을 했던 적이 있었다. 학창시절 유난히

국어를 좋아했기에 국어에는 자신이 있었지만, 수학에는 정말 자신이 없었다. 그래서 국어를 공부할 때는 한 문제를 풀어보더라도 좀 더 꼼꼼히 보게 되고, 재미있고 즐겁다는 생각으로 공부했다. 그러나 수학을 공부할 때에는 그 반대였다. 꼼꼼히 볼 생각을 하지 않았고, 자신이 없다는 생각을 먼저 해서 그런지, 재미있고 즐겁다는 생각은 할 수가 없었다. 그러다 보니 대충 공부하고 넘겼다. 그 결과 시험 성적은 극과 극이었다. 100점 또는 90점 이상을 받았던 국어 과목과 달리 수학은 70점을 넘겨본 적이 없었다. 이처럼 즐기는 것은 매우 중요하다. 그냥 즐겨서는 안 된다. 있는 힘껏 즐겨야 한다.

무엇이 두려운가? 즐길 수 있다는데. 일하면서도 즐길 수가 있다는데 무엇 때문에 주저한단 말인가? 혹시라도 아직 주저하는 독자분들이 있을까 봐 내 여동생이 직접 겪었던 사연을 소개한다. 중학생 때 학교를 대표하는 문제아이기도 했던 여동생은, 흔히 말하는 [5공주파], [7공주파] 하는 파를 넘어서 [내서 딸파]의 대장 노릇을 했었다. 공부하지 않고, 학교에서 추구하는 바와 다르게 교복을 줄여 입고 다닌다는 이유로, 어머니께서 동생의 일로 학교에 가셨을 때 선생님께 "자녀분이 걱정된다."라는 말까지 들으셨을 정도였다. 그래서 사실 오빠인 나조차도 동생이지만 조금은 포기하고 있었다. 그런데 놀라운 일이 일어났다. 인문계 고등학교로 진학을 하더니 갑

자기 미친 듯이 공부에만 전념하기 시작했다. 처음에는 미쳤다고 생각했다. 도저히 그럴 것 같지 않던 여인네가 이 무슨 귀신이 곡할 노릇이란 말인가?! 1학년 때는 미술을 하겠다고 했지만, 미술로 먹고 살기에는 자신의 실력이 아주 부족함을 깨닫고, 2학년 때부터 공부를 시작했다.

다른 과목보다 여동생은 영어에서 두각을 나타내기 시작했다. 화장실에는 벽면 여기저기에 포스트잇을 붙여놓고 단어를 외우더니, 자정을 훌쩍 넘긴 새벽 2~3시까지 공부하고 자기를 반복하기도 했다. 하루는 내가 여동생의 이마를 짚어본 적이 있었다. 어디 아픈가 싶어서였다. 사람이 갑자기 바뀌면 안 좋다는데 싶어서 약국에 가서 약까지 사다 주고 싶을 정도였다. 그렇게 여동생의 노력은 대입 수학능력시험이 있을 때까지 계속되었다. 스마트 폰은 정지를 시켜놓고 쳐다보지도 않았으며, TV가 거실에 있어서 TV를 좀 보려 하면 자기 인생 망칠 거냐면서 발악을 하던 터라 쫓겨나듯 내 방으로 들어가기도 했다.

그 후, 정말 믿을 수 없는 일이 일어났다. 여동생의 성적은 수직으로 상승하기 시작했고, 사범대학 영어교육학과를 바라볼 수 있을 성적으로 치달았다. 어머니께 학교 선생님으로부터 전화가 왔는데 1

년만 시간을 더 줘보는 것은 어떠냐며, 무조건 이른바 'IN 서울'로도 진학이 가능할 것 같다는 말씀까지 듣게 될 정도였다. 여동생이 갑자기 달라 보이기 시작했다. 중학생 때까지만 해도 말썽만 피웠던 녀석이 대견스러워 보이기까지 했다. 여동생은 재수를 원치 않았지만, 그런데도 4년 장학생으로 당당히 대학교에 입학했다. 과연 어떻게 이러한 일이 일어날 수 있었을까? 여동생이라고 한들, 힘들지 않았을까? 아니었을 것이다. 분명한 것은 힘들지만, 자기 일을 최대한 즐기려고 했고, 주어진 목표를 감당해내기 위해 불철주야(不撤晝夜) 노력했기에 가능했다고 본다. 그 후 여동생은 말했다.

"오빠야. 고등학교 1학년 때까지가 정말 이상할 정도로 기억이 안 난다. 무언가에 홀렸다고 해도 과언이 아닐 정도다. 그럴 정도로 공부에 미쳐본 것도 처음이지만, 하니까 되더라."

이처럼 있는 힘껏 즐기면 이루지 못할 일은 없다. 나도 지금의 문학 작가, 자기계발 작가, 《런던, 그곳에서》 소설의 저자, 《농산청년 꿈을 펼치다》 실용서의 저자, 창원주재 명예기자, 드림플랜 컨설턴트가 될 수 있었던 이유 역시나 하고자 했으며, 있는 힘껏 즐겼기 때문이다. 그러니 철저하게 즐겨보자. 계속 불안하다면 스스로에게 이렇게 질문해보라.

'과연 무엇이 나를 불안케 하는가?'라고. 어떤 일을 하면서 불안하면 해낼 수 없어지는 부정적인 수치가 올라가게 된다. 그리되면 정신력(mental)이 흔들리게 될 것이고, 일을 즐기기는커녕, 포기하게 되는 전형적인 이유가 될 수밖에 없다. 그러니 지금부터라도 불안하게 생각하지 말고, 있는 힘껏 철저하게 즐겨보라. 분명 원했던 일들이 기적처럼 이루어지는 경험을 하게 될 것이다.

"이봐, 해봤어?"

- (故) 정주영 회장

14단계.
'슬기롭게 극복하라!'

흔히 많이 듣는 말이며, 보는 문구고, 배우는 지식이다. 슬기롭게 극복하는 것은 생각보다 쉽지 않다. 아니 어렵다. 그러나 극복할 줄 알아야 한다. 본인이 지금까지 우여곡절을 많이 겪었다고 해서 아무도 인정해주지 않는다. 화가 나는 일이 있다고 해서, 상대에게 화를 내버리면 결국 그 화 한 번에 잘했던 일들까지 잘못한 일이 되어버리며, 이해할 수 없는 사람이 되어버리게 되는 것이다. 그럴 때 필요한 것이 바로 슬기롭게 극복할 줄 아는 힘이다. 내게 고난과 시련이 닥쳐왔을 때 나는 아래 3가지 방법으로 극복했다.

첫째, "아직 인생을 ¼도 살지 않았다. 120세 시대라 가정했을 때, 아직 내겐 더할 나위 없는 수많은 시련이 닥쳐올 텐데 벌써 힘들어할 필요는 없다."

둘째, "곧 해낼 텐데 당장 어렵다고 해서 주저앉지 말자."

셋째, "지금까지 잘 해내 왔잖아. 앞으로도 지금처럼 하자."

처음부터 쉽게 되지는 않았다. 안 되면 되게 하라는 명언처럼 계속 시도했다. 시도하면 시도할수록 어렵게만 느껴지던 것들이 쉬워지기 시작했다. '슬기롭다'의 사전적 의미는 무엇일까? 고난에 슬기롭게 대처한다는 뜻이다. 누구에게나 고난은 뒤따른다. 성공하는 사람들 대부분도 수없이 많은 고난과 역경을 맞이해야 했고, 죽고 싶다는 생각까지 자연히 가져도 이상이 없다고 할 정도로 극도의 상황으로까지 이어졌다는 것을 알 수 있다. 그렇다면 그들은 과연 어떻게 이겨냈을까? 그들도 성공자이기 이전에 사람이다. 주저앉을 수도 있었을 것이고, 힘들다는 생각 앞에 무릎을 꿇었을 수도 있었을 것이다. 이에 2가지 좋은 사례를 말씀드리고자 한다.

첫째. '닉부이치치'의 사연

닉부이치치는 선천적 장애를 갖고 태어난 분으로, 팔과 다리가 없이 태어난 분이다. 그가 태어났을 때 그의 부모는 심각한 충격을 받았다고 한다. 후천적인 사고 요인도 아닌 태어날 때부터 팔과 다리가 없었으니 부모로서는 기절초풍할 일 아니었겠는가? 그러나 그는 누구보다 희망차게 세상을 바라보며 슬기롭게 극복해나갔다. 약점을 강점으로 세상 모두를 감동으로 물들였고, 눈물을 흘릴 시간도 아깝다며, 해낼 수 있음의 대명사로 우뚝 섰다.

그는 말했다. "내가 가지지 못한 것보다 내가 가진 것에 집중하세요.", "세상에 완벽한 꽃과 나무가 있나요? 우리는 다 다르게 생겼기 때문에 아름답습니다."라고. 그는 현재도 불가능을 극복하는 중이라고 표현했고, 수많은 사람으로부터 응원과 격려를 받으며 세계 속의 일류로 성장하고 있다. 만약 그가 신체의 결함을 보며 주저앉거나 노력을 포기했더라면, 열정을 가지지 않았더라면 어떻게 되었을까? 지금의 닉 부이치치는 없었을 것이라고 단언한다.

둘째. 넬슨 만델라의 사연
남아프리카에서 변호사로 활동하던 한 흑인이 있었다. 그는 흑인 인권운동을 일으켜 경찰에 붙잡혀 종신형을 받아 감옥 생활을 했는데 채석장으로 끌려가 상상할 수도 없는 고통에 시달리면서도 끝까지 인권운동을 포기하지 않았다. 그를 가두었던 교도관들은 오히려 시간이 지나면서 그의 옳음과 인자함에 마음의 문을 열 수밖에 없을 정도가 되었다. 그러면서 그는 편지로 남아프리카의 실정과 인종차별의 현황을 세계에 전했고, 그러다 보니 사람들이 자연스레 알게 되고, 국제적으로 쟁점이 되면서 감옥으로부터 풀려나 자유를 얻을 수 있었다.

만약 그가 풀려나지 않았더라면, 그의 역사를 그길로 끝이 났을 것이다. 그러나 그는 끝까지 흑인 인권운동에 대한 열정을 포기하지 않았고, 우여곡절을 이겨내며 그 길을 걸었던 결과 '노벨평화상'을 받는 영광을 얻을 수 있었으며, 남아프리카 대통령으로 선출되는 영예를 얻을 수 있었다. 지금 그는 세상을 떠나 천국으로 가셨지만, 전 세계에서 위대한 스승으로 기억되고 있다.

위 사례들처럼 누구에게나 고난과 역경, 그리고 우여곡절은 존재한다. 그러나 모두가 '성공자'가 될 수만은 없는 이유가 있다면 극복하지 못해서라고 본다. 우리 아버지께서는 내가 힘들고 지칠 때마다, 슬럼프를 맞이할 때마다 신기하고 재밌는 이야기로 극복할 수 있도록 도와주셨는데 기억나는 가지 방법을 공개한다.

첫 번째 방법은, '배고프면 밥 먹는다. 라면은 간식이지 결코 주식이 될 수 없다.'라는 말씀을 토대로 한 방법이었는데 하루는 아버지께서 갑자기 점심을 사주시겠다며, 12시에 먹으러 가자고 하셨다. 그래서 알겠다고 말씀드렸고, 감자탕을 먹으러 갔다. 푸짐한 고기와 우거지를 보며 밥을 먹지 않아도 될 것 같다고 생각했다. 아버지께서는 얼굴에 알 수 없는 미소를 띠시며, 고기 많이 먹으라고 내게 몇 차례에 걸쳐 건져내 주었다. 처음에는 고기의 담백함에 맛있게 먹었지만 3~4덩어리 정도 먹고 나니까 오히려 밥이 생각났다. 그래서 밥을 시키려 하는 찰나, 아버지께서는 이번엔 라면 사리를 넣어 먹자며 밥은 나중에 시키자고 하셨다. 조금 의아했지만, 라면으로도 충분한 밥이 될 수 있겠거니 싶은 마음에 이해하고 넘어갔다.

아버지께서는 이번에도 나를 위해 면의 대부분을 건네주셨다. 계속 면만 먹다 보니 순간 밥과 김치가 정말 그리워지기까지 했다. 그래서 나는 더는 못 먹겠다며 아버지께 거부 의사를 밝혔다. 그제야 아버지께서는 말씀하셨다. "아들, 이제 밥 시킬까?" 나는 아버지가 원망스럽기까지 했다. 밥을 좀 늦게 시켰을 뿐이었는데도 왜 그리 원망이 앞서던지. 아버지께서는 원망 가득한 내 얼굴을 지긋이 바라보시면서 말씀하셨다.

"아들아. 감자탕 한 그릇과 라면 사리 하나를 시켜 먹었지만, 진정으로 만족스러운 것이 있더냐? 세상일이 이와 같단다. 진정으로 자기가 원하는 것을 취하기 위해서는 그것을 가진 상대가 베풀어줄 때까지 참아야 하는 법이지. 자기계발도 마찬가지 아니겠냐." 그 말씀 덕분에 진리를 깨닫고 다시금 노력한 결과 첫 번째 소설 《런던, 그곳에서》를 완성하고 출간할 수 있게 되었다.

두 번째 방법은, '지금 자기 자신이 하는 일이 가장 어렵고 고된 것 같지만 절대 그렇지 않다.'를 교훈으로 한 방법이었다. 지금의 회사에서 6개월 정도를 근무했을 때였다. 새벽 1시에 회사에서 마치고 집으로 돌아가는 상황이었는데, 마침 아버지께서 태워주시겠다고 하셨다. 나는 아버지를 보자마자 왠지 회사에서 늦게 마친 것에 대한 위로를 받고 싶은 마음이 들었고, 집으로 가는 내내 투덜거렸다. 근무시간은 정해져 있는데 왜 더 해야 하느냐 에서부터 시작해 정말이지 불평불만이란 불평불만은 다 내뱉었다. 아버지께서는 인자한 표정으로 별다른 말씀 없이 계속 들어주셨다.

그렇게 30분 정도를 달려 집 앞에 도착했는데 그날따라 거실에 불이 켜져 있었다. 어머니께서 불을 안 끄고 주무시는 구나라고만 생각하고 현관문을 열어 집안으로 들어서는 순간, 너무나도 나 자신이 부끄러워졌다. 여동생이 공부에 빠져 있다가 퇴근하고 집으로 돌아온 나를 반겨주었기 때문이었다. 과제를 해야 하고, 공부를 하루라도 게을리할 수 없어서 공부를 좀 더 하고 잘 테니 일하느라 힘들었을 텐데 어서 자라고 말해주는 여동생을 보면서 말문이 막힐 수밖에 없었다. 그 모습을 함께 보셨던 아버지께서는 흐뭇한 표정으로 내게 말씀하셨다. "뚜벅아. 제 일이 제일 힘들고 어려울 것 같아도 그렇지만은 않단다. 이 아빠도 일을 마치고 집으로 돌아가면서 네 투정을 들어준 것이고, 네 여동생은 잠을 줄여가며 공부하면서도 네게 응원해주잖니. 그러니 생각을 바꿀 수 있도록 해라." 나는 그때 정말 크게 깨달았고, 진심으로 반성하면서 내가 하고자 하는 일에 매진했다. 그 결과 두 번째 책인 《농산청년 꿈을 펼치다》를 출간하게 되는 계기가 될 수 있었다.

이처럼 자신에게 닥쳐온 고난과 역경을 슬기롭게 극복하는 일은 그 어떤 무엇보다 중요한 일이다. 그러기 위해서는 이겨낼 수 있다는 자기암시가 필요하며, 해낼 수 있다는 긍정적인 성격이 뒷받침되어야 한다는 것을 알아주었으면 좋겠다. 이번 장을 통해 어떤 우여곡절을 겪게 되더라도 자신만의 방법으로 슬기롭게 극복하는 방법을 꼭 찾게 될 것이라 믿으며 함께 응원한다.

"무슨 일이든 할 수 있다고
생각하는 사람이 해내는 법이다."

- (故) 정주영 회장

15단계.
'즐기면서 전진하라!'

즐기면서 전진하는 나만의 방법 5가지가 있다.

첫째, 마음을 예쁘게 먹자.

둘째, 어떤 일이든 진행할 때 행복하다.

셋째, 일이 아니라 노는 것이다.

넷째, 행복하게 사는 것만으로도 인생은 부족하다.

다섯째, 하다 보면 가능해진다는 마음가짐으로 해보자.

우리는 흔히 어른들로부터 마음을 조급하게 가지지 말라는 말씀을 많이 듣고 성장한다. 이유는 무엇인가? 마음을 조급하게 가지다 보면 진정으로 즐길 수가 없게 되고, 조급한 나머지 실수만 연발로 하게 되기 때문이다. 나 역시나 성격이 급해서 일을 빨리는 진행하지만, 뒤처리까지 깔끔하게 되지 않는 경우가 많았다. 예를 든다면 현재 회사에서 진열하고 나서 잔여물을 깔끔하게 치운다든지, 부스러기 하나라도 발생하지 않게 처리한다든지 하는 부분 말이다. 그래서 일부 담당님들은 뒷마무리까지 깔끔하게 해달라는 말씀을 농담조로 하시기도 했다. 나 역시나 그러한 문제점이 있다는 것을 알았기 때문에 고치려고 큰 노력을 했다. 몇 번을 뒤돌아보며 잘못된 것은 없는지를 보고 지나가기도 하고, 미화를 담당하시는 분들에게 뒤처리를 부탁하기도 하면서.

그러나 쉽게 변화되지 못했다. 오히려 단점에 신경을 너무 많이 쏟다 보니 고쳐지기는커녕 스트레스로 다가오게 되었다. 그래서 내가 다르게 생각한 방법은 글을 쓰듯 즐기면서 일을 처리하자는 것이었다. 이제껏 진열해야 하고, 일을 처리해야 한다는 부담감을 느끼고 진행하다 보니 오히려 독이 되었던 것 같아 내린 처방이었다. 효과는 탁월했다. 진열하고 바로 즐거운 마음으로 청소까지 마치고 주위를 둘러보면서 한 번 더 마무리하고, 그 주변을 한 바퀴 돌아보며 이상이 없을 때 완료를 지었다. 그리고 그 모든 과정을 즐거운 마음으로 진행했다. 일 처리가 칼로 그어지듯 진행되지 않을 때면, 항상 신경이 곤두섰던 내 모습 때문에 매장은 바람 잘 날 없었다. 즐거운 마음으로 '좋은 게 좋은 거지'라는 생각으로 움직였다면, 아마 지금쯤 나는 지금의 내 모습보다 훨씬 더 인정도 받게 되었을 것이고, 일을 즐기면서 하는 담당이라는 직장인으로서 최고의 이야기도 듣게 되었을지 모른다.

일을 즐기면서 목표를 향해 전진하는 최고의 20대 여선생님 한 분이 있다. 본인 스스로를 [햇님 교사]라 명칭하고, 자신이 가르치는 초등학생들에게 꿈과 희망을 심어주려 노력하는 분이다. 현재 대한민국 행정수도라 불리는 [세종시]에서 거주하고 있다. 그녀는 진정으로 자신에게 주어진 일을 즐기는 방법을 알고 있었다. 그리고 직업을 통해 어떠한 보람을 얻을 것인지를 생각하기까지 한다. 그녀만이 갖고 있는 마인드와 직업의식을 공유해본다.

첫째, '학생이 주도하는 수업을 희망하는 참사람 교사'
둘째, '진심을 담아 솔직하게 아이들을 대하는 참사람 교사'
셋째, '아이들에게 최선을 다하는 진정한 교사'
넷째, '아이들에게 진정한 꿈을 갖게 해주고픈 꿈꾸미 교사'

블로그를 통해 그녀를 알게 된 나였지만, 긍정적이고 희망적인 그녀의 모습이 매력적으로 느껴졌다. 가까이 지내면서 서로의 꿈을 더욱 굳건히 하고, 서로의 꿈과 목표를 하나씩 이루어갈 때 진정으로 축하해줄 수 있는 사람이 되어야겠다는 다짐을 하기까지 했다.

위 햇님교사 분의 사례처럼, 일은 즐기면서 전진할 때 더욱더 성장할 수 있고, 커나갈 수 있다. 그러기 위해서는 자신만의 방법으로 암시를 통해 마음을 굳건히 다잡는 것이 필요하다. 만약 운동선수로 활약하고 있다면, '운동을 재미있게 해서 최고가 될 테야.'라고 생각하고 뛰어들 때 성장이 가능한 것이고, 직장인이라면 '일은 최대한 즐겁고 재미있게 처리하면서 앞으로 나아가야지.'라고 생각하고 업무에 임할 때 상사로부터 인정받는 직장인이 될 수 있게 되기 때문이다.

얼마 전, 《그럼에도 작가로 살겠다면》이라는 책을 읽었던 적이 있었다. 여러 명의 작가가 공동으로 쓴 이 책 속에는 아래와 같은 2가지 문구가 적혀 있었다.

첫째, "지금 당장 성공과 실패에 대한 걱정을 그만두어라. 그런 것에 휘둘리지 마라. 날마다 꾸준히 성실하게 글을 쓰면서 으레 일어날 실수와 실패에 대비하는 것이 당신이 할 일이다." - 안톤 체호프

둘째, "가끔 이렇게 말하는 사람들이 있다. '글은 쓰고 싶은데 애

가 다섯이고, 직장도 있는 데다 아내가 구박해요. 부모님께 갚아야 할 빚도 많고요.' 이런 식이다. 나는 이렇게 대답한다. '그건 변명이에요. 글을 쓰고 싶으면 쓰세요. 당신 인생이에요. 책임을 져야죠. 영원히 살 것도 아닌데 기다리고만 있지 마세요. 지금 시간을 만드세요. 일주일에 단 10분이라도 말이죠.'라고.” - 네털리 골드버그

위 2가지에서 공통으로 알 수 있는 사항은 무엇인가? 바로 즐거운 마음을 갖고, 고난을 헤쳐 나가고, 전진하라는 것이다. 안톤 체호프가 말씀하셨던 성공과 실패에 대한 걱정을 그만둔다는 것은 곧 즐겁게 글을 써야 한다는 것을 의미하고, 일어날 실수와 실패에 대비한다는 것이 무엇이겠는가? 힘들더라도 앞으로 나아가야 한다는 것이다. 또한, 네털리 골드버그가 말씀하셨던 것처럼 '당신 인생입니다.'의 진정한 뜻이 무엇이겠는가? 진정으로 즐길 수 있는 일이라면 도전하고 시도하라는 것이다. 그래야 후회가 없다는 것 아니겠는가? 작가들도 말씀하시는 것처럼 어떤 일을 즐기면서 행한다는 것은 없어서는 안 되는 일이다. 위에서 말씀드렸던 나만의 방법 5가지처럼 이 글을 읽는 독자분만의 방법을 정하고, 자기암시를 지속해서 해야 한다. 내 방법을 벤치마킹해도 좋다. 자신만의 방법으로 각색하라. 그리고 방법을 통해 당당히 즐겁게 전진하라. 그것이 진정으로 원하던 것을 완성하고, 성공으로 이어지게 되는 방법임을 명심하라.

"아는 자는 좋아하는 자를 이길 수 없고,
좋아하는 자는 즐기는 자를 이길 수 없다."

- 논어

16단계.
'행동으로 옮겨보라!'

행동으로 옮기는데 필요한 요소는 5가지다.

첫째, 꿈과 목표를 정한다.

둘째, 세부 계획을 정한다.

셋째, 그에 따른 분위기를 조성한다.

넷째, 주변인들에게 설정한 꿈과 목표를 말한다.

다섯째, 목표한 길로 걸어갈 수 있도록 노력을 곁들여 행동한다.

그냥 행동한다는 것은 무모한 것이다. 쉽게 포기하게 되는 지름길이며, 성공과 실패를 떠나 완성조차 하지 못하게 되는 가장 쉬운 길이다. 예를 들자면 청소년시기에 우리는 흔히 공부로 1등을 한번쯤은 해보고 싶다는 바람을 가졌을 것이다. 그러나 누구나 1등이 될 수 있지만 모두가 1등이 될 순 없다. 이유는 무엇일까? 목표가 없기 때문이다. 공부하겠노라 다짐하고 의지에 앉기는 쉽지만, 무엇을 향해 공부해야 할지 방향을 잃기 십상이다. 뚜렷한 목표와 체계적인 계획이 없기에 1등을 하기 위해선 전 과목의 성적 우수가 매우 중요함에도 무슨 과목부터 공부해야 할지도 모른 채 헤매게 되는 것이다.

내게도 비슷한 일이 있었는데, 중학생 때 나보다 수학성적이 항상 10점에서 20점정도 앞서는 친구가 있었다. 어린 마음에 친구를 죽도록 이기고 싶었다. 그러나 번번이 앞서지 못하고 뒤쳐지기 일쑤였고, 끝내 고등학교에 진학할 때까지 한번을 이기지 못하고 패배의 고배를 마셔야만 했다. 이유가 무엇일까? 계획이 없었기 때문이다. 수학성적이 저조한 만큼 기본기부터 다시 접근해 탄탄하게 만들어야 했음에도 그저 이기고 싶다는 승부욕에 겉으로 드러나는 문제만 풀려고 애썼던 것이다. 기본이 되어 있지 않았기에 풀기가 여간 어려운 것이 아니었지만, 괜찮다고 판단했다. 그 친구의 점수를 시원하게 앞서기 위해서는 당연히 그리해야 한다고만 생각했던 것이다. 때문에 오히려 공부 이후에 치른 수학 시험에서 성적은 더 낮아졌고, 그나마 풀 줄 알던 문제들마저 헷갈려 제대로 풀 수가 없었으며, 결국 수학자체에 아예 희망을 잃은 수포자가 되어버리는 결과를 초래했다.

이처럼 행동으로 옮기기 위해서는 그에 맞는 꿈과 목표가 확실하여야 하며, 그에 따른 세부계획도 철저히 수립해야 만이 가능하다. 지금 당장 종이와 펜을 준비해보라. 그리고 머리말에 "나는 할 수 있다."라고 써넣고, 자신의 꿈과 목표가 무엇인지를 기록해보라. 없다면 지금도 결코 늦지 않았으니 내가 진정으로 원하는 것은 무엇인지를 생각하는 작업을 진행해야 한다. 만약 꿈과 목표를 적었다면 다음은 그 꿈과 목표를 이루어나가기 위해 실행해야 할 세부계획을 작성해야 한다. 먼저 나의 2018년도 세부계획을 공개한다.

목표를 가지면 훨씬 행동으로 옮기기가 수월해진다. 자신이 세운 계획대로 움직이고 노력을 더하기만 하면 가능해질 텐데 무엇이 두렵고, 해내지 못한 이유가 무엇이란 말인가? 어렵다고 생각하면 한없이 어렵고, 쉽다고 생각하면 한없이 쉬운 것이 인생의 진리라고 공자께서 말씀하셨다. 그것이 내가 노력을 강조하는 이유이기도 하다. 꿈과 목표는 행동으로 옮기는 데 있어 가장 큰 견인차 역할을 한다는 것을, 꼭 알았으면 좋겠다. 나는 무언가를 행동으로 옮기기 전에 다음과 같은 3가지 자기암시를 주로 한다.

2018년 박작가의 목표와 비전

1. 목표: 계획을 성사시켜 도약한다.
* 목표에 따른 마인드 5가지
(1) 항상 할 수 있다는 자세를 갖자.
(2) 힘들 때마다 '나는 어찌하여 할 수 없는 것인가?'를 말하자.
(3) 오늘 할 일은 내일로 미루지 말자.
(4) 내가 쉬고 있을 때 다른 누군가는 열심히 노력하고 있다.
(5) 나 자신을 사랑하고, 좀 더 코팅시키자.

2. 비전: 꿈으로 한발자국 다가간다.
* 비전의 설명 2가지
(1) 내가 계획하고 있는 꿈을 향해 한발자국 다가선다.
(2) 글 작성으로 조금 더 나의 인지도를 높이고, 앞을 향해 걸어간다.
(3) 힘들고 피곤하다 하여 자기계발을 뒷전으로 생각치 않는다.
(4) 대한민국 신문사 신춘문에 당선을 반드시 이루도록 한다.
(5) 책 한 권을 더 쓸 수 있는 좀 더 전문적인 내가 된다.

2018년의 발전계획

첫째, '상준아. 넌 충분히 가능한 사람이잖아.'

둘째, '할 수 있어. 바로 움직이자.'

셋째, '오래 생각할 게 뭐가 있어. 널 위한 일인데.'

그러다 보니 오래 생각하지 않고, 망설이지 않더라도 실천으로 옮길 수 있게 되는 것이다. 자기암시법이라는 책을 쓰고 있는 지금도 마찬가지였다. 처음에 이 책을 써보아야겠다고 생각했던 것은, 나를 버틸 수 있게 해준 암시들을 종합해 독자 분들에게 전하고, 함께 꿈과 목표를 향해 성장했으면 좋겠다는 판단과 의지였고, 오래 생각하지 않았다. '까짓 거 한번 해보지 뭐.'라는 생각으로 바로 뛰어들었던 것이 지금에 이를 수 있게 된 계기가 되었다.

한 가지 분명한 사실은, 이 책을 읽고 있는 독자 분은 분명 스스로에 대한 변화를 갈망한다는 점이다. 그렇다면 지금 당장 앞서 말한 바와 같이 행동으로 옮겨보라. A4용지를 꺼내들고 펜으로 당장 행동으로 옮길 LIST를 작성해보고, 작은 것이라도 바로 실행을 해보라. 분명 이루어지는 것이 있을 것이라고 믿는다. 행동하면 이루어질 수 있다는 사실을 깨닫고 알게 되는 순간이야말로, 변화할 수 있는 절대적인 힘이 된다는 것을 꼭 가슴에 새겨주시기를 바란다.

2018 '비전'	계획을 성사시켜 도약한다.			
2018 '목표'	꿈으로 한발자국 다가간다.			
순번	목표명	목표기한	중요도	특이사항
1	내 이름으로 된 저서 3권 쓰기	2018	5	
2	일본 여행을 하며 배경을 바탕으로 추리소설 써보기	2018	4	
3	한국어능력평가 자격증 취득하기	2018	3	
4	주요 문학상 및 신춘문예에 당선되기	2018	5	

"천재란 자신에게 주어진 일을 하는

재능 있는 사람일 뿐이다."

-발명왕 에디슨

17단계.
'두려움을 떨쳐내라!'

　'두려움을 정복한 자는 세상까지도 정복할 수 있다.'라는 멋진 명언을 남긴 분이 있다. 바로 알렉산더 대왕이다. 나는 여기에 살짝 의문을 품어보았다. '어찌하여 두려움을 정복하면 세상까지도 정복할 수 있다는 것인가? 그것은 엄청난 노력이 필요한 일이 아닌가?' 그러나 곧 잘못된 생각임을 깨달았다. 스스로가 원하는 일을 해내고, 해내지 못하고는 전적으로 마음에서 우러러 나오는 것임을 알게 되어서였다. 최근에 회사에서 진행했던 '답찾사'라는 공모전이 있었다.

롯데그룹에서 실시하는 아이디어 개발 공모전에 2번 떨어진 이후 자신감이 좀 떨어져 있었기에 도전해야 할지, 말아야 할지를 고민하다 결국 "도전!"이라는 굳센 함성과 함께 PPT자료를 투척했다. '본사 인원들까지 참가를 할 수 있다는데 과연 내가 할 수 있을까?'라는 생각 때문에 잠시 가졌던 두려움이 하마터면 수상자가 된 나의 모습을 없애버릴 뻔 했던 것이다. 아래 PPT자료는 지원했던 내용이며, 내가 도전에 따른 두려움을 이겨내기 위해 정리했던 자료이기도 하다.

시티세븐점에서
과일 파는 문학작가

2-1) 문인증명 자료1

소개

문인증명 자료2

문인증명 자료3

3

3. 블로그 내 활동소개
3-1) 꿈 꾸는 문학작가의 삶 글 List!

꿈꾸는 삶 [1~100] (88)	스크랩	댓글	목록닫기 ▼
꿈을 함께 내딛는 발자국 [88] '수성문화원 주관의 표 준비 작품 공모전에 지원하다' (7)			2017.08.25
꿈을 함께 내딛는 발자국 [87] '책 힘 홍정모효 스토리 내 문제점 살아가라리' (86)			2017.08.24
꿈을 함께 내딛는 발자국 [86] '제 10회 한민족 호사항 글 짓기 공모전에 지원하다' (85)			2017.08.24
꿈을 함께 내딛는 발자국 [85] '경성가 있게 결음 수 있었 던 인생의 교훈과 출판소설' (83)			2017.08.23
꿈을 함께 내딛는 발자국 [84] '아빠, 엄마의 사랑이야기 그 무렵에 노건성' (9)			2017.08.21

1 2 3 4 5 6 7 8 9 10 다음▶

공마이 열기 │ 5줄 보기 ▼

3. 블로그 내 활동소개
3-2) 문학작가의 소설 연재 글 List!

소설 연재합니다 (10)	스크랩	댓글	목록닫기 ▼
향해쳐지고 싶었다 [1]			2017.09.18
2번 째 단편소설 검토의의 건 (6)			2017.09.14
가시돋힌 장미ील의 장난 [7] 단편소설 (원고) (6)			2017.08.13
가시돋힌 장미ील의 장난 [6]			2017.07.30
가시돋힌 장미ील의 장난 [5] (6)			2017.07.29
가시돋힌 장미ील의 장난 [4]			2017.07.16
가시돋힌 장미ील의 장난 [3]			2017.07.04
가시돋힌 장미ील의 장난 [2]			2017.07.07
가시돋힌 장미ील의 장난 [1]			2017.04.19
알립니다			2017.06.15

1

공마이 열기 │ 15줄 보기 ▼

소개   4

시티세븐점에서
과일 파는 문학작가

1. 네이버 블로그 소개
http://blog.naver.com/myclup123

소설가 박상준

2017년 7월, 첫 특강만으로 방/농부를 하시 N였다

꿈을 쫓는 꿈드림코치

꿈드림코치 박상준

2. 나의 소개

박상준((與) 글을 쓰는 농상공부/시티세븐점의 정직사원, 자기계발 작가, 동기부여 메시지, 팩 쓰는 판매꾼)

그는 풀 모형인 R마구나틀 벤치마팅하여 10가지의 [드림비스트롤] 작설하고, 그 속에 담은 작가로써의 문화 속으며 반발자국씩 가까워지고 있다. 그는 한국방송통신대학교 국어국문학과의 재학 중이며, 2016년 9월 본월 100페 달성으로 인해 [대한민국 편절 영예장]를 수상하면서 열예의 전당에 그 이름을 올렸다. 또한 본재에도 [2017. 1월C 상반기 드라마 극본공모전]에 도전하면서 사람들에게 꿈의 소통함을 전하기 위해 힘쓰고 있다.

이외에도 그는 대표적으로,
2010년 대한민국 육군 장병 문예공모전 당선,
2010년 대한민국 제37사단 충용부대축자 공모전 당선,
2015년 5월 '엔타' 잡지 글 체택,
2015년 가족사랑 시민모임 편지글 공모전 우수상 당선,
2016년 10월 '좋은생각' 잡지 글 체택,
2017년 제6회 의명천광장 신인문학상(단편소설부문)당선,
2017년 한국문학예술 신인문학상(드라마부문)당선,
2017년 문학광장 신인문학상(수필부문)당선,
2017년 8월 MBC 라디오 여성시대(양희은, 서경석) 사연 당선,
2017년 창원주제명에게자 당선(활동 중)
2017년 중앙일보 팔진 당선
2017년 반부패+청렴 사연 수기 공모전 당선

처음 밟은 도전의 발걸음 밟고 있다. 그는 말한다. 꿈은 스스로가 만들어가는 것이라고, 열정이 밑바탕이 되는 것이라고. 앞으로도 그의 꿈을 향한 열정기록과 도전은 계속 된다.

소개   2

시티세븐점에서 과일 파는 문학작가

3. 블로그 내 활동소개
3-5) 정규 문인으로서의 책소개 List!

3. 블로그 내 활동소개
3-6) 작가로서 정식 소설책을 출간하다!

소개 6

시티세븐점에서 과일 파는 문학작가

4. 문학작가로서의 활동
정규 문인으로서의 책소개 List!

2014~2016.글짓기		과일 할머	2017-07-01 오후...
2015.통테일 문학상 지원작(장편소설)		과일 할머	2016-11-02 오후...
2016.01~2016.12 글짓기		과일 할머	2017-02-04 오후...
2016.그남자와 그여자(장편소설)		과일 할머	2017-02-04 오전...
2016.대한일보 신춘문예 지원작(단편소...		과일 할머	2017-02-05 오전...
2016.이달 스토리 로맨스 지원		과일 할머	2016-11-02 오후...
2016.행복해지고 싶었다(단편소설)		과일 할머	2017-04-12 오전...
2016.투배함과의 소통자료		과일 할머	2016-11-02 오후...
2017. 문학과 사회 지원작		과일 할머	2017-03-02 오후...
2017. 석상의 질주		과일 할머	2017-03-28 오전...
2017.가시 돌린 장미꽃의 장남(단편추리...		과일 할머	2016-06-30 오후...
2017.인연, 그곳에서(중편소설)		과일 할머	2017-02-01 오전...
2017.부산국법과의 인연(해양단편소설 ...		과일 할머	2017-02-12 오전...
2017.성탄상 지원작(생활수기)		과일 할머	2017-06-14 오전...
2017.스마트폰중독 예방 공모(생활수기)		과일 할머	2017-02-04 오전...
2017.엽업人實(중편소설)		과일 할머	2017-03-01 오전...
2017.좋은생각 특집상 공모작		과일 할머	2017-01-08 오후...
롯데그룹 일기		과일 할머	2016-11-02 오후...
수현이에게		과일 할머	2017-03-14 오전...
신춘문예 지원할 작품		과일 할머	2016-11-02 오후...
2014~2016.글짓기	226,325KB	ALZip ZIP File	2017-02-04 오전...
2016.01~2016.12 글짓기	23,518KB	ALZip ZIP File	2017-02-04 오전...

> 글쓰기를 좋아하는 저의 문예창작 활동을 소개합니다!

> 공모전을 하나의 전투라고 생각하고 전쟁에 임하는 군인처럼 도전합니다!

소개 7

시티세븐점에서
과일 파는 문학작가

3. 블로그 내 활동소개
3-3) 롯데마트인으로서 전단소개 글 List!

롯데와 함께 하는 삶 (6)	스크랩	연관 글	등록일자 ⬆
08/24~08/30 롯데마트 전단소개 (9)	0	0	2017.09.24
08/17~08/23 롯데마트 전단소개 (8)	0	0	2017.09.17
08/10~08/16 롯데마트 전단소개 (4)	0	0	2017.09.10
08/03~08/09 롯데마트 전단소개 (6)	0	0	2017.08.03
07/27~08/02 롯데마트 전단소개 (84)	0	0	2017.07.27
07/20~07/26 롯데마트 전단소개 (28)	0	0	2017.07.25

글쓰기 ▶ | 10글 보기 ▼

3. 블로그 내 활동소개
3-4) 매주 목요일 SNS상 전단소개 글의 일부!

소개   5

시티세븐점에서
과일 파는 문학작가

4. 문학작가로서의 활동
국방일보 병영의 창에 등장한 기사 글!

꿈을 이루게 해준 육군37사단

박상준

국방일보
병영의 창에
기고 되었습니다!

앞으로도
롯데인으로서 업무
와 더불어 자기계
발 활동에 최선을
다할 것입니다.

소개   8

처음에는 사내 공모전에 지원할 용도로만 작성했던 것이지만, 작성해나가면서 생각이 점차 변화되고 내 자신에 대한 두려움이 사라져간다는 것을 느낄 수 있었다. 내가 PPT자료를 공개한 것도 독자분들 스스로가 자신의 발전과정을 자료화시켜 밀려드는 두려움으로부터 이겨냈으면 좋겠다는 생각 때문이었다.

자신만의 자료를 만들다 보면 만들 때 찾아오는 즐거움 덕분에 자연히 도전의식이 생겨나게 된다. 도전의식이 생기고 나면 앞으로 하고자 하는 일들이 보이게 되고, 두려움을 없앨 수 있게 되는 것이다. 그러나 절대 억지로 두려움을 없애려 들지는 마라. 인간으로 태어난 이상, 새로운 환경에 적응해야 될 때를 시작으로 모든 일을 새로이 하게 될 때면 으레 두려움과 설렘이 반반씩 찾아오는 것은 당연한 일이다. 두려움을 없앨 수 있는 자신만의 방법을 찾아 없앤다면 모를까, 억지로 없애려 든다면 오히려 스트레스 폭발로 자존감과 자신감만 떨어트리게 되는 가장 큰 원인이 되니까.

최근에 《잘살지는 못해도 쪽팔리게 살지는 말자》라는 책을 읽었었다. 그 책을 읽으면서 두려움을 크게 떨쳐낼 수 있었다. 그 내용을 하나의 사례로 전하고자 한다. '타인의 기준에 맞추려 하지마라.'라는 목차의 내용과 '두려움을 만드는 것은 자기 자신이다.'라는 목차까지 총 2개 목차 속의 내용이었다. 먼저 '타인의 기준에 맞추려 하지마라.' 속의 내용부터 말씀드리겠다.

"무슨 일을 하든지 다른 사람의 생각과 관심사에 맞춰야 한다고 생각해보라. 우리 인생이 얼마나 피곤해지겠는가? 모든 사람의 마음에 들 수는 없다. 중요한 건 다른 사람의 마음에 들기 전에 나 자신을 먼저 사랑하는 것이다." 사람은 사회적 동물이다 보니 주변사람들에게서 자신의 기준을 정하고 앞서지 못했을 때, 두려움을 느끼는 경우도 적지 않다. 위 사례에서는 바로 그 점을 말하는 것이다. 타인과 비교하면서까지 왜 두려움을 자초하려 들까? 타인과 비교하지 말고, 자신만의 인생으로 두려움과의 싸움에서 승리하려고만 해도 시간은 많지 않다는 것을 생각하게 해주는 사례였다.

다음으로 '두려움을 만드는 것은 자기 자신이다.'의 속 내용을 말씀드리겠다. "사람들은 눈에 보이지도 않는 귀신이라는 존재를 두려워한다. 하지만 가장 두려운 존재는 바로 사람들 마음속의 공포다. 보이지 않는 것에 공포를 느끼는 일만큼 공포스러운 것이 또 있을까?" 생각해보면 별일이 아니었음에도 꼭 심각한 일인 것처럼 두려움을 느끼는 종족이 바로 인간이다. 두려움이 생겨도 정신만 차리면 이겨낼 수 있다는 것을 느끼고 깨닫게 해주는 사례였다.

이렇듯 두려움을 떨쳐내는 자기만의 방법을 터득해야 한다. 두려움은 할 수 있는 일도 해내지 못하게 하려는 습성이 있다. 그러니 반드시 격파해야 한다. 한 고비만 넘기면 원하는 것을 이룰 수 있고, 손에 넣을 수 있는 상황이라면 과연 두려움 따위에게 쉽게 굴복하겠는가? 만약 같은 질문을 누군가 내게 물어본다면, '해낼 수 있다.'는 여러 번의 암시를 하며 두려움과 정면으로 맞서 싸워 이기고, 진정으로 원했던 것을 얻을 수 있는 멋진 삶을 살아가는 것이 훨씬 옳은 일이라고 대답할 것이며, 실로 해낼 수 있는 방법부터 모색할 것이다.

"공포로 인한 고통은
사람의 모습을 어리석고 추악하게 만든다."

- 웰기리우스

18단계.
'행복하게 고생하라!'

내가 생각할 때 '진정한 행복'이란 언제 찾아왔던가?

첫째, "나 자신을 사랑한다는 것을 느낄 때."

둘째, "열정과 의지를 잃지 않고 무언가를 완성했을 때."

셋째, "즐거움을 통해 한 단계 발전했음을 발견했을 때."

넷째, "부모님께서 진정으로 나를 응원하고 격려해주실 때."

다섯째, "친구가 내게 마음속의 고민을 털어놓을 때."

여섯째, "무언가에 몰두하여 시간가는 줄 모를 때."

일곱째, "타인으로 하여금 내가 배울 점을 발견했을 때."

여덟째, "내가 좋아하는 여친이 나로 인해서 행복해할 때."

아홉째, "해내지 못할 것이라고 단정 짓는 일을 해낼 때,"

열번째, "이 모든 것이 자기암시의 근원이 된다는 것을 느낄 때."

위와 같이 10가지의 상황일 때, 나는 진정한 행복을 느껴왔다. 어른들은 말씀하신다. '아프니까 청춘인 거야.'라고. 그러나 내 생각은 다르다. '그냥 아프니까 청춘인 거야.' 왜일까? 진정으로 자신이 바라는 바를 정하고 꿈과 목표를 세워 행복하게 고생하는 법을 모르기 때문이다. 어떤 일에든 순서가 있는 법이다. 인생의 밑그림을 그려 나가는 스케치 시기가 10대 청소년 시절이라면, 20대는 인생의 방향을 결정할 황금기다. 그러나 과연, 자신만의 꿈을 갖고 목표를 세워 앞으로 나아가는 사람은 몇이나 될까?

어떤 일을 함에 있어서 아무런 의미가 없이 시간을 보내는 일이거나 하면서 행복이나 즐거움을 느끼지 못한다면 그 일이 과연 내가 진정으로 나아가야 할 길인지를 다시금 생각해봐야 할 필요성이 있다. 발명왕 에디슨도 수백, 수천 번의 실패 후에 전구를 발명하고, 세계를 놀라게 했다. 그러나 만약 스스로가 원치 않는 일을 하면서 수백 번 또는 수천 번의 실패를 했다면 지금쯤 어떻게 되었을까? 전구가 발명되지 못했을지도 모른다. 에디슨이라는 이름 석 자를 아무도 모른 채 역사 속으로 잊혔을 지도 모른다.

그러나 에디슨은 수백, 수천 번의 실패를 통해 고생하면서도 끝내 포기하지 않고 대성공을 일궈냈다. 이유가 무엇일까? 바로 행복하게 고생했기 때문이다. 연구하고, 발명하는 것을 원했으며, 어떤 한 가지에 몰두하면 몇 날 며칠의 밤을 새워도 끄떡없을 정도로 좋아했기에 고생을 하더라도 그것을 고생이라 여기지 않았을 것이며, 자연스레 해낼 수 있다는 생각을 가졌거나, 어떤 일에 성공하기 위해서는 수없이 많은 실패가 뒤따른다는 사실을 행복하게 받아들였기 때문에 가능했던 일이었을 것이라고 본다. 우리는 바로 에디슨의 이 정신력을 배워야 한다. 끝까지 도전할 수 있는 용기, 쉽게 포기하지 않는 열정과 의지, 실패의 두려움에 정정당당히 맞설 수 있는 다짐까지 말이다.

다음은 내가 꿈드림코치로서 행복하게 고생했던 사례를 말씀드리고자 한다. 행복한데 어떻게 고생이라 말할 수 있느냐고 말씀하시는 분들도 계신다. 그러나 어떤 일이든 그 일이 아무리 사소한 일이라고 할지라도 엄연히 고생은 고생이다. 단, 어떻게 느끼느냐에 따라 얼마나 힘들게 처리를 하게 되는지, 편하게 처리할 수 있게 되는

지가 달라지는 것이다. 그렇지 않은가? 어떤 면으로 보면 일 처리 부분에 있어 가장 중요한 부분이라고 생각해봄 직하다. 나는 이제껏 내가 가진 꿈으로 나아가는 일에 있어서 한 번도 힘들다는 생각을 바탕으로 부정을 운운했던 적은 없었던 것 같다. 그래서였는지 자연스레 행복하게 고생할 수 있었다. 그럼 지금부터 어떤 사례였는지를 함께 살펴보자.

드림(DREAM) 컨설팅

박 상 준

꿈은 이루어진다

1. 꿈(DREAM)은 무엇인가?

2. 그에 따른 목표는 어떤 것을 가지고 있는가?

3. 어떠한 노력을 하고 있는가?

꿈은 보는 게 아니라 실행하는 것

꿈은 이루어진다

4. 꿈을 얻기 위해서 필요한 책 7권

(1) 김미경 – 드림온
(2) 고혜경 – 나의 꿈 사용법
(3) 김수영 – 멈추지마, 다시 꿈부터 써봐
(4) 밥비엘 – 꿈을 향한 31일간의 여행
(5) 이서진 – 20대가 20대에게
(6) 최해식 – 상처도 스펙이다
(7) 임화경 – 여자 스물일곱, 너의 힐을 던져라
(8) 홍승훈 – 꿈은 삼키는 게 아니라 뱉어내는 거다

꿈은 보는 게 아니라 실행하는 것

꿈은 이루어진다

5. 꿈을 향하기 위해서 필요한 글귀 5가지

(1) 꿈은 그냥 꿈으로만 가지고 있으면, 아무것도 이룰
수 없고 뒤바뀌어지지 않는다.
(2) 기회는 노력하는 사람에게로 돌아간다.
(3) 항상 도전하고, 노력하고, 된다는 생각을 해야 한다.
(4) 노력은 행동하는 자를 절대 배신하지 않는다.
(5) 최선을 다하다 보면 결과는 어느 새 손을 들고 너를
적극적으로 환영한다.

꿈은 보는 게 아니라 실행하는 것

꿈은 이루어진다

4. 꿈을 얻기 위해서 필요한 책 7권

(1) 김미경 – 드림온
(2) 고혜경 – 나의 꿈 사용법
(3) 김수영 – 멈추지마, 다시 꿈부터 써봐
(4) 밥비엘 – 꿈을 향한 31일간의 여행
(5) 이서진 – 20대가 20대에게
(6) 최해식 – 상처도 스펙이다
(7) 임화경 – 여자 스물일곱, 너의 힐을 던져라
(8) 홍승훈 – 꿈은 삼키는 게 아니라 뱉어내는 거다

꿈은 보는 게 아니라 실행하는 것

꿈은 이루어진다

6. 강사로서 해주고 싶은 조언 7가지

(1) [Work Plan]과 [Dream Plan]을 명확히 구분하라.
(2) 힘들 것은 각오하라. 당연히 힘들지 않겠는가?
(3) 꿈을 이루는 것은 생각이 아니라 실천이다.
(4) 긍정적인 생각을 기본으로 가져라.
(5) 할 수 있다는 마음 자세가 정말 중요하다.
(6) '나는 왜 못해야만 하는가?'를 생각하라.
(7) 노력하면 된다는 생각으로 일관하라.

꿈은 보는 게 아니라 실행하는 것

꿈은 이루어진다

7. 마지막으로..

꿈과 목표를 설정하고 그려가는 것이 얼마나 행복
한지를 깨달아야 합니다. 책 제목처럼 꿈은 삼키는
것이 아니라 뱉어내어야 한다는 것을 꼭 명심해주
셨으면 좋겠습니다.

저에겐 좌우명이 있습니다.
[노력은 행동하는 자를 절대 배신하지 않는다]입니
다. 생각만으로 이루어지는 일은 아무것도 없으며,
행동이 중요하다는 사실을 반드시 알아주셨으면 합
니다. 반드시 꿈을 이루시길 응원합니다.

꿈은 보는 게 아니라 실행하는 것

컨설팅을 진행하기 위해서는 그에 맞는 자료도 준비해야 하고, 컨설팅을 받고 싶어 하는 분이 어떤 성향을 갖고 있으신 분인지, 그리고 사전 조사가 필요하며, 파악을 위해 고군분투(孤軍奮鬪)해야 한다. 고생이 시작되는 것이다. 그러나 내가 원해서 하는 일이기에, 그리고 내가 진정으로 살아가고자 하는 길이 '꿈으로 소통하며 살아가는 강사가 되는 것'이기에 고생 같은 고생이 아니라 행복을 느끼며, 당연히 헤쳐 나가야 할 고생으로 둔갑할 수 있었다. 그러다 보니 지치지도, 힘들지도 않았고 행복만이 잔뜩 내게로 와주었던 것이 아닐까?

그래서 사례를 소개했다. 자신이 좋아하고 잘하는 일이면 그것에 맞게 생각하고 노력하며 나아가보라. 가슴 속의 열망과 해내고자 하는 성취욕으로 인해 크게 고생길이라고 느껴지지는 않을 것이라는 뜻에서 말이다. 어느 독자분이든 '행복하게 고생하는 법'이 무엇인지 지금쯤이면 알게 되었으리라고 판단된다. 그것은 바로 즐기는 것이다. 일을 즐기다 보면 제아무리 큰 우여곡절이 닥쳐온다고 하더라도 헤쳐 나가는 것은 어떤 면으로 보면 너무나도 쉬운 일일지도 모르니까. '어렵다.', '고생길이 훤히 보이네.'라고만 생각한다면 어떤 일이든 해낼 수 없다는 것을 명심해야 할 것이다.

기회는 흔히 고생으로 가장하고 있기 때문에
사람들은 대부분 알아보지 못한다.

- 앤 랜더스

19단계.

'아픔 딛고 완성하라!'

아픔을 딛고 일어선다는 것, 그 자체만으로 보면 어려운 일이라고 느낄지도 모른다. 그러나 결코 어려운 일이 아니다. 지금의 내 모습을 갖추기까지는 우여곡절이 많았다. 친구들과 맥주 한잔할 시간, 회사에서 일 마치고 동료들과 소주 한잔하며 힘들었던 일들을 털어놓을 시간, 편안하게 누워서 재밌는 TV 프로그램을 보며 즐길 수 있었던 시간, 3교대로 돌아가는 근무라 마감 조로 근무하다 보면 자정에 마치게 되는데 자정부터 새벽 3~4시까지 책을 썼던 시간 등을 견뎌내고, 쓰라리듯 다가오는 아픔을 이겨내었다.

다음은 내가 아픔딛고 완성을 위해 했던 4가지 암시법이다.
첫째, '이 고비만 이겨내면 좀 더 편해질 수 있어.'
둘째, '포기하지 마. 포기하는 순간 모든 게 끝장이야.'
셋째, '충분히 할 수 있고 해낼 수 있잖아.'
넷째, '너무 조급하게 생각하지 말자.'

무릇 성공을 하기 위해서는, 기반을 갖추기 위해서는, 또 노력의 대가를 얻기 위해서는 그것에 맞게 찾아오는 아픔을 이겨내어야만 한다. 절대 쉽지만은 않다. 해내고 나서 나중에 뒤돌아보면 어려운 일이 아니었다고 말할 수도 있다. 하지만 습관을 바꾸고, 자신을 바꿔가며 나아가야 하는 일이기 때문에, 이겨내는 과정에서는 몇 번이고 포기할지도 모른다. 쉽게 말해 직장생활과 같은 것이다.

보통 신입사원으로 입사하게 되면 1년에서 3년이라는 기간은 매우 큰 고통이 따른다. 업무를 모르기 때문에 모든 것을 새로 배우는 기간이다. 그런 만큼 인내심을 가지고 접근해야 하며, 유능한 사원으로 거듭나기 위해서는 시간적으로나, 정신적으로나 아픔을 이겨내야만 버텨낼 수 있고, 최후에 웃는 승자가 될 수 있길 않던가? 나 역시나 마찬가지였다. 롯데마트에 처음 입사하고, 정말 아무것도 알지 못했다. 집에서 부모님께서 해주시는 따뜻한 밥만 먹고 자라왔기에 라임이 뭔지, 아보카도가 과일인지 채소인지도 몰랐다. 키위베리를 보고 특이한 과일이라며 바보같이 놀랐던 적도 있었다. 매주 수요일마다 진행되는 전단 준비에 가격표 하나 제대로 뽑지 못해 허둥댔다. 상사는 30분 만에 뽑을 가격표를 3시간에 걸쳐 뽑는 등, 일하는 요령도 알지 못했다. 그러다 보니 상사로부터 '야 이 씨방아.'라는 소리를 달고 살 수밖에 없었다.

농산담당으로 근무하면서도 가을엔 어떤 과일이 대세인지, 견과류의 종류에는 어떠한 것들이 있는지 정말 아무것도 알지 못했다. 그 과정에서 초라함을 느꼈고, 정신적으로 스트레스를 받기도 했으며, 강하게 찾아온 아픔을 눈물로 이겨내야만 했다. 그렇게 자연스레 시간이 흐르고, 결과야 어떻게 되었든 아픔을 이겨내고 보니, 지금은 몸이 알아서 움직인다. 진열할 것들이 있으면 알아서 시간을 쪼개서 진열하고, 매출을 확인해야겠다고 생각될 때면 알아서 사무실로 이동해서 매출을 확인한다. 가격표가 없으면 나만의 방법으로 순서를 정해 척척 뽑아서 변경될 수 있게 되었으며, 위생관리는 어떻게 해야 하는지, 발주는 어떻게 넣는 것이며, 과다하게 넣었을 때는 어떻게 처리를 해야 할지까지도 알 수 있게 되었다. 이 모든 것이 아픔을 딛고 완성했기에 가능한 일이었다.

아리스토텔레스는 말씀하셨다. "시작이 반이다."라고. 과히 틀린 말이 아니다. 시도하라. 그리고 자기만의 암시를 통해 아픔을 이겨내라. 누구든 얼마든지 완성할 수 있음을 가슴에 새겨라. 만약 역도 선수의 꿈을 꾸겠노라 생각했다면 먼저 역도선수가 되려면 어떻게 해야 하는지에 대해 검색하고, 말하는 방법대로 실행에 옮겨라. 아픔이 찾아오면 그것은 이루어가는 과정인 셈이다. 아무 노력을 기울이려고 하지 않으면 아픔도 찾아오지 않는다. 절망만 찾아올 뿐이라는 것을 명심했으면 좋겠다.

"하늘은 스스로 돕는 자를 돕는다."

-스마일스

20단계.
'긍정으로 통하라!'

"독자 여러분, 그동안 고생 많으셨습니다. 이제 자기암시의 마지막 단계인 긍정으로 무장하는 법만 배우면 됩니다. 꼭 명심하십시오. 노력은 행동하는 자를 절대 배신하지 않는 법이라는 사실을 말입니다. 지금처럼 자기암시에 관한 책을 읽고, 그 어떤 자기계발서를 읽더라도 그들이 말하는 바를 행동으로 따라 하지 않으면 이룰 수 있는 것은 아무것도 없다는 것을 반드시 알아가셨으면 합니다."

긍정으로 통하는 법은 무엇일까? 간단하다. 부정적으로 생각하지 않으면 된다. 너무 쉬운가? 그러나 결코 쉬운 일이 아니다. 나도 《된다된다 나는 된다》라는 책을 친구로부터 소개받지 못했더라면, 결코 긍정적으로 생각하지 못했을지도 모른다. 긍정으로 통하기 위해서는 아래처럼 8단계 사항이 원활하게 이루어져야 한다.

1단계, '나는 할 수 있다는 생각.'
2단계, '실패하더라도 도전을 아끼지 말자는 생각.'
3단계, '어렵더라도 포기하지 말자는 생각.'
4단계, '힘들더라도 웃으며 헤쳐 나가자는 생각.'
5단계, '고되더라도 즐겨보자는 생각.'
6단계, '시련이 찾아오더라도 이겨내자는 생각'
7단계, '하니까 되더라는 생각'
8단계, '이 모든 것을 계속 반복하자는 생각.'

여기서 모두가 하나 느낄 수 있는 것이 있다. 그것은 바로 모든 요소는 연관된다는 것이다. 할 수 있다는 생각이 이루어지면 도전도 거리낌 없어지고, 어려움 속에서도 포기하지 않게 된다. 힘들더라도 웃을 수 있고, 앞으로 나아갈 수 있으며, 고된 순간에 즐길 수 있는 여건이 조성된다. 매 순간을 즐겁게 활용할 수 있는 사람에게 시련이 찾아오지도 않지만, 혹시 찾아오더라도 이겨낼 수 있다는 생각으로 임하게 된다. 결국, 하니까 되더라는 생각으로 커지게 되는 것이다. 그리고 이 모든 요소가 자연스레 몸에 익으려면 계속 반복해야만 가능하다는 결론을 얻을 수 있다.

어느덧 세상엔 2018년도가 찾아왔고, 롯데그룹에 신입사원으로 입사한 지도 벌써 3년 차가 되었다. 반복적으로 꿈을 향해 노력하다 보니 이번 책까지 총 3권의 책을 쓸 수 있었고, 10개 이상의 문학·수기 공모전에 응모할 수 있었으며, 그러다 보니 운이 좋았던지 연이은 당선 소식이 들려오기도 했다. 지금 다시 꿈을 향해 나아가기로 다짐한 처음을 되돌아보면 긍정적인 마인드를 갖고자 하는 수준을 넘어섰던 것 같다. 항상 '안 되면 어떡하지?'를 걱정했던 나였기에, 아예 될 수밖에 없도록 상황을 조성하고 싶은 마음을 90% 이상 가지려 했던 것도 같다.

만약 이런 노력 없이 포기하고 싶은 순간에 포기만 했더라면, 아직도 나는 그저 다람쥐 쳇바퀴 도는 삶을 살고 있었을 것이며, 매일 불평불만 가득한 표정과 행동으로 부모님께 효도는커녕 불효만 저지르는 나로 전락해버렸을 것이라고 상상이 된다. 그러니 긍정적인 마인드로 무장하고 싶은데 잘 안된다면 내가 했던 방법대로 무작정

원하는 일을 향해, 하고 싶은 취미나 특기를 향해 도전의 손길을 내밀어보자. 그리고 있는 힘껏 빠져들어도 보자. 도전하는 자만이 좋은 결과를 얻을 수 있다는 것을 가슴에 새겨, 이룰 수 있음에도 그저 귀찮아하는 버릇에 빠져 실패의 길로 걸어갈 행동을 지금 지금부터 통행금지 하듯이 차단해보자.

나는 어떠한 일을 계획하고, 실행에 옮길 때 항상 갖는 자기암시가 있다. '상준아. 이미 반은 가졌네? 이제 하기만 하면 완전히 가지겠네. 축하해.'라는 긍정적인 생각이다. 실로 이 생각 덕분에 지금까지 내가 갖고 싶고 해내고 싶었던 일들의 약 90%를 이룰 수 있었다. 나머지 10%는 무엇이냐고? 그건 바로 노력을 행동으로 옮기는 실행력이다. 생각만으로 그칠 때는 자기합리화로 끝나버릴 가능성이 크던 일도, 행동으로 옮기면 완성 가능성이 50% 증가한다. 시작했기 때문에 '포기한다'가 50%, '포기하지 않는다.'가 50%를 차지하게 된다는 것이 그를 증명하는 이유다. 그러니 자기 암시하라. 자기암시를 잘 사용하는 것이 완성과 성공을 가장 잘 이루는 지름길이다.

"사람은 행복하기로 마음먹은 만큼 행복하다."

- 에이브러햄 링컨

제3장

∶

생각경영이 이루어낸
드림(DREAM) 프로젝트는?
[첫 번째 이야기]

'N giving up Generation'

Go for it with self-suession!

생각경영이 이루어낸 드림(DREAM)
프로젝트는? [첫 번째 이야기]

★

01번째 도전기.
'좋은생각 특집 수기'

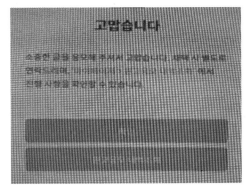

고맙습니다

2017년 7월 25일 오후 3시 00분.

글 쓰는 것이 즐겁다. 나는 게임을 하는 것보다도, TV를 볼 때보다도 글을 쓸 때가 일과 중 가장 보람차며, 가장 행복한 시간이다. 나만의 생각을 표현하고, 때로는 독자분들과 소통하며 각자의 생각을 말하고 서로가 교감하는 일련의 행위는 나를 한 단계 더 업그레이드될 수 있도록 만들어준다.

[하고자 하면 방법은 보인다.]
이 말뜻을 처음엔 나도 이해하지 못했다. 방법을 알아야 시도할 수 있다고만 생각을 해왔다. 그러나 요즘 들어서 가장 크게 느껴지는 점은 어떤 일을 하고자 하면 분명 그것에 대한 해답은 보이게 되어 있다는 것이었다.

하기 싫을 때는 떠밀어줘도 보이지 않던 것들이, 하고자 하니까 뭔가 방법이 일목요연하게 정리되어 내게 해답을 주더라는 것까지 말이다. 시도하라. 시도하면 부딪힐지언정 방법은 생긴다.

인터넷 사이트에 자신이 홍보하고 싶으면, 먼저 해당 사이트에 접속해보라. 접속하게 되면 홍보 관련 게시판이나 대표 전화번호가 분명 있을 것이고, 홍보팀의 담당자 전화번호가 적혀 있을 것이다. 정말 원한다면 전화를 걸어서 뜻을 전하는 방법도 있을 것이고, 이메

일주소로 뜻을 적어 보내는 방법도 있을 것이다.

우리는 하고자 한다고 말은 하고 있지만, 진정으로 하고 있을지에 초점을 맞혀야 한다. 자기계발은 틈이 날 때 하는 것이 아니라, 틈을 내어서 하는 것이며, 스스로가 발전되기 위해 반드시 해야 하는 평생 과목이며 숙제이다.

'내가 한다고 되겠어?'라고 생각할 수도 있다. 그렇게 생각해왔던 사람도 여기서 이렇게 글을 쓰고 있다. 그대라고 안 될 것 같은가? 안된다고 생각하기 이전에 하려는 마음이 있는지부터 생각해보라.

밥 먹고 싶을 때 밥은 먹고, 놀고 싶을 때는 놀기도 하면서 왜 하고자 하는 자신만의 독특한 커리어 부분에서는 시도하기를 두려워하는가? 남들에게 인정받지 않으면 안 되는 부분이 아닌 자신만의 독특한 경력을 쌓는 소중한 일인데 말이다.

하고자 하는 마음이 가져지는 순간 시작 버튼을 눌러라. 하나의 예를 들어, 일기를 쓰고 싶은데 공책이 없다면 휴대폰으로 메모장을 켜서 먼저 작성해놓고 시간 날 때 공책을 사서 옮겨 적어보라. 이래도 과연 '내가 한다고 되겠어?'라고 말할 수 있겠는가?

02번째 도전기.
'엄마, 아빠. 그땐 어땠어?'

2017년 8월 12일 오전 1시 39분,

옥수수 수염차 한잔 마시고 싶은 마음이 들었다. 공모전 지원이 완료되었기 때문이다. 나는 습관적으로 공모전 지원이 하나 끝나면 녹차를 비롯한 차 한 잔 따뜻하게 마시고 싶은 마음이 생긴다.

[엄마 아빠, 그땐 어땠어? 에세이 공모]에 지원을 하면서 많은 감정이 교차적으로 내 감성을 지배하기 시작했다. 우리 부모님께서도 아버지, 어머니라는 호칭 이전에 한 남자와 한 여자로서 뜨겁게 사랑하는 연인관계이셨을 것이고, 결혼하면서 부부의 연을 맺게 되는 과정도 있었을 것이다.

그것을 잊고 있었던 것 같다. 내가 태어날 땐 이미 그 남자와 그 여자는 아버지, 어머니로 자리매김해있는 상태였기 때문이다. 세상에 자식으로 태어나는 사람은 누구라도 마찬가지일 것이다. 그런 상황에서 이번 공모전은 매우 뜻깊은 공모전이었다. 부모님이 함께 나온 사진을 찾고, 그 사진에 대한 사연을 적어 지원하는 공모전이었기 때문이다.

지원을 완료하면서 지원이 정상적으로 완료되었다는 창이 떴다. 부모님께 사진에 얽힌 사연을 여쭤보면서 부모님의 사랑 이야기를 진심으로 느껴볼 수 있었고, 간접 경험을 통해 접해볼 수 있어서 기분 좋았다. 앞으로도 이러한 뜻깊은 공모전이 여러 차례 열려서 많은 이들이 부모님에 관해 관심을 더 많이 가질 수 있게 되었으면 좋겠다.

03번째 도전기.
'샘터 10월호 특집상, 충성대 문학상'

★ 어느 날, 눈을 떠보니 [10월호] ☑

▲	**보낸사람** ★박상준<myclup123@naver.com>
	17-08-14 (월) 00:15

▲ 📎 **일반 첨부파일** 1개 (16KB) 모두저장

⬇ ☁ 어느 날, 눈을 떠보니 [10월호].hwp 16KB 🔍

안녕하십니까?
소설 <런던, 그곳에서>의 저자 박상준입니다.
2017년 10월호 **내 인생의 가을걷이** 특집상에
[어느 날, 눈을 떠보니]라는 글로 응모합니다.

내용은 업로드한 파일에 기재하였습니다.
이상입니다. 감사합니다.

2017년 8월 14일 07시 00분.

글을 쓰고 싶다는 생각이 강렬하게 내 머릿속을 휘저었다. 내일은 정기휴무가 끝난 월요일이다. 즉, 아침에 진열할 상품이 많은 극한의 오전 근무란 뜻이다. 그래서 1분 1초라도 더 자야 피곤함이 조금은 덜할 것이다. 그러나 그냥 넘어갈 수 없었다. 무언가 하고 싶은 욕망이 나를 스치고 지나갔다.

앞서 말했듯이 나는 글쓰기를 아무리 많이 한다고 해도 직장생활에 있어 근무시간에는 별다른 피해를 주지 않는다. 내가 좋아하는 취미이자 특기가 글짓기이기 때문이다. 그리고 제대로 누워서 자는 잠이 좀 부족하다면 대중교통 안에서 조금 더 자면 되는 것이다. 모든 일을 긍정적으로 생각한 후로 내가 택한 방법이다. (보통 대중교통 내에서도 책을 읽지만 말이다.)

★ 제16회 충성대문학상 작품 공모(단편소설부문) /재송부 🖉

보낸 사람 ★박상준<myclup123@naver.com>
받는 사람   17-08-14 (월) 00:43

🖉 일반 첨부파일 2개 (51KB) 모두저장
    ⬇ 🖻 제16회 충성대문학상 작품 공모 표지.hwp 24KB 🔍
    ⬇ 🖻 부산국밥과의 인연.hwp 27KB 🔍

안녕하십니까?

제16회 충성대문학상 작품 공모
[단편소설]부문에 지원하고자 합니다.

저의 기본적인 인적사항과 작품의 제목,
내용은 파일로 첨부하였습니다.

이상입니다. 감사합니다.

(표지를 첨부하지 않고 발송하여
재송부 해드립니다.
번거롭게 해드려 죄송합니다.)

그래서 2개의 공모전에 지원했다.

첫 번째, 〈샘터〉 10월호 특집상 지원

두 번째, 〈충성대 문학상〉 단편 소설부문 지원

지원을 끝마치고 나서 시계를 보니 다행히 새벽 1시가 되지 않은 12시 57분이었다. 아직 5시간이나 더 잘 수 있겠다는 생각이 뒷받침되었기 때문에 5시간 동안 잘 수 있다는 행복의 미소가 지어질 수 있었다.

역시나 오늘도 공모전을 마무리하고 옥수수 수염차를 마셨다. 오장육부와 머릿속이 따뜻해지면서 잠이 절로 오게 하는 효능이 있는 것 같다. 그리고 3번째 책 내용 20페이지를 돌파했다.

'돌다리도 두들겨보고 건너라'라는 말처럼 마음을 다잡고 천천히 써 내려가야겠다. 3번째 책은 강성의 아버지와 아들인 나의 파란만장했던 관계의 재정립에 관한 이야기이다. 책이 완성되는 날, 아버지께 선물로 드릴 것을 이 자리를 빌려 약속드린다.

요즘 내 신체와 머리에게 감사한 마음이 든다. 내가 아무리 지원하려 해도 잠이 아주 많이 와버리면 어쩔 수 없이 자야 하고, 다쳤다면 지원할 수가 없지만 그런 일 없이 멀쩡하고 건강하기 때문이다. 앞으로도 내 꿈을 이루는 동안 건강 해주길 바란다. (나도 건강을 챙기겠지만)

영국의 한 유명인은 말했다.

"노력은 어디에서 나오는가? 노력은 불굴의 의지와 하고자 하는 열정이 합쳐질 때 온몸의 열망으로 나온다."라고. 영국의 유명인이 언급한 명언처럼 나도 불굴의 의지와 열정을 잃지 않고 언제나, 그리고 어디에서나 타오르는 횃불처럼 도전할 것이다. 누구나 할 수 있다. 그러니 나와 함께 주저 없이 도전의 길로 나아가 보자.

04번째 도전기.
'나의 첫 번째, 두 번째 책의 원고 투고'

★ 안녕하십니까? 책 출간 관련 아이디어 원고를 투고하고자 합니다. ⟲

▲ 보낸사람 ★박상준 ‹myclup123@naver.com›
　받는사람　17-08-17 (목) 08:12

　◎ 대용량 첨부파일　1개(17MB)
　　⊕ 🖼 20대, 농산청년의 美친 자기계발.hwp 17MB
　다운로드 기간: 2017/08/17 ~ 2017/09/16

투고 인사말

안녕하십니까? 롯데마트 시티세븐점에서 농산 청년으로 근무하고 있는 박상준입니다.
다람쥐 쳇바퀴 굴러가듯 한다는 말처럼 회사 생활을 하며 찾아온 인생의 슬럼프를 꿈으로 극복했고,
자기계발서를 꾸준히 읽게 되면서 인생의 방향을 새로이 설정하고 꿈을 향해 달려나가기 시작했습니다.

유통사 농산담당이 꿈을 이루어나가는 내용의 원고이기에 〈20대, 농산청년의 美친 자기계발〉라는 제목으로
쓰게 되었습니다. 유통사에 근무하거나 유통관련 학과 및 농산 관련 학과에 재학 중인 20~30대 연령층과
꿈을 갖고 싶은 20~30대 연령층의 독자들이 읽으면 좋을 자기계발서입니다.

우리나라의 20대 직장인들은 꿈을 좇아 성공의 길로 가려는 희망 가득한 계획이 없이 열심히 일하자는 마음만으로 하루하루를 살아가는 것으로 행복과 성취감을 대신하고 있습니다. 저 역시나 근무한지 1년이 지난 어느 날에 친구가 소개 해준 〈된다된다 나는된다〉 라는 자기계발서 책을 읽기 시작하면서 꿈이라는 것이 무엇인지를 진심으로 느낄 수 있게 되었고, 꿈을 이루어 가보자는 마인드로 뒤바꿀 수 있었습니다.

누구나 입사 1년이나 3년이 되면 찾아오는 회사생활 슬럼프를 꿈과 목표를 세워 극복할 수 있었던 저의 살아 있는 스토리입니다. 이 원고를 통해 저는 회사생활을 하면서 진급이라는 것만 생각하기 보다 자신만의 꿈을 가지고, 〈용기로서 도전하라〉라는 메시지를 직장인들에게 전하고자 합니다.

현재 저는, 롯데마트에서 농산담당으로 근무하고 있으며, 저서로는 올해 7월 출간된 소설 〈런던, 그곳에서〉가 있습니다. 원고 검토해주시고, 답장 부탁드립니다. 감사합니다.

박상준 드림(010-4915-8389)

2017년 8월 18일 오후 5시 00분.

임원화 작가의 〈책쓰기 특강〉이라는 책을 읽었다. 미리부터 읽었더라면 더 좋았을 것을. 우리 아버지의 생활신조 "사람은 죽어봐야 저승 맛을 알고, 진리는 하나며, 배고프면 밥을 먹지, 과자는 안 먹는다."라는 말씀이 꼭 맞아떨어지는 순간을 경험했다.

첫 번째 작품 〈런던, 그곳에서〉를 투고할 때의 일이다. 육하원칙에 걸맞게 투고 인사말을 작성해야 했음에도, 나는 그저 책을 내고 싶다는 생각만으로 그냥 투고한다는 몇 자만을 적어 출판사에 보냈던 적이 있었다. 왜 출간을 하고 싶은지, 계획서는 적지도 않은 채 말이다. 임원화 작가의 책을 읽으면서 그러했던 내 지난날을 얼마나 후회했는지 모른다.

그래서 나는 달라져야겠다고 마음먹었다. 내 인생에 있어서 소설도 중요하지만, 내 꿈을 향해 달려나갈 무언가가 필요했다. 그리고 계획만 가지고 있는 것보다 항시 두고 볼 수 있는 내용의 책을 갖고 싶었다. 그것이 〈20대 농산 청년의 美친 자기계발〉이라는 가제로 책을 쓰게 된 계기가 되었다. 나는 정말 미친 듯이 달려들었고, 3교대의 회사생활로 힘들었지만, 포기하지 않고 글을 써 내려갔다.

그 결과, 나는 7월이라는 1개월간 초고를 완성 시킬 수 있었다. 그래서 탈고(수정)작업을 시작하면서 내 원고를 유심히 검토해줄 좋은 출판사를 알아보기 시작했다. 또한, 투고 인사말과 계획서도 함께 작성하기 시작했다. 첫 작품 〈런던, 그곳에서〉 때 범했던 실수를 두 번은 반복하지 않기 위함이었다.

1주일이 지나고 염두에 두었던 좋은 출판사를 정했다. 그리고는 투고를 했다. 투고 인사말은 아래와 같다. 내 진심을 담았고, 내 모든 것을 담았다. 꿈을 잊지 않고, 열정을 잃지 않기 위해 한자씩 정성스럽게 작성했다. 출판사 대표님과 통화를 끝마쳤을 때, 출간 방법에 대해 논의한 후 반드시 연락을 주겠다는 말씀에 너무도 감사하고 고마웠으며 감동적인 마음을 가졌다.

대표님께선 내게 요즘 꿈을 가진 젊은 사람이 흔치 않다고 하시며 조언을 많이 해주셨다. 나는 그 말씀을 하나하나 메모하며, "좋은 통

화 감사합니다. 더 최선을 다하는 청년 박상준이 되겠습니다. 연락
기다리겠습니다.”라는 말씀을 전해드렸다. 내겐 정말 감사한 일이었
기 때문이다.

　이제 나는 소설 원고를 검토하는 중이다. 그리고 소설 부문 신인
상으로 당선되었던 시리즈 소설 〈그남자 그여자〉 작품을 탈고 중이

다. 책으로 출간하고 싶었지만 어떻게 해야 출간할 수 있는지를 모르던 시절이 있었기에, 책 만들기 사이트로 아래 사진과 같이 나만의 책을 만들어 두며, 출간의 꿈을 키워왔다.

나는 2030년도까지 내 이름으로 된 책 10권 출간하기를 목표에 두었다. 그런 만큼 나를 더욱더 단련하고 또 단련해 나갈 것이다. 죽을 때 꼭 꿈을 이룬 멋진 사람이 되고 싶다는 총체적 [인생 비전]을 반드시 실현 할 것이다.

끝으로 다시 한번, 조언을 해주신 출판사 대표님과 나를 지지해주고 응원해주는 많은 분에게 이 자리를 빌려 감사의 말씀을 전한다. 더불어 앞으로도 많은 조언과 힘이 되어주시길 바라고 소원한다.

05번째 도전기.

'반부패＊청렴 사연'

2017년 8월 19일 07시 00분.

내가 지원했던 반부패*청렴 사연[수기] 공모전 수상자가 발표되었다. 생각지도 못했던 결과가 나왔다. 입선으로 당선이 된 것이다. 내가 지원한 사연의 제목은 "버스 기사의 양심"이다. 우리 회사에 글을 잘 쓰는 누나께 지원했다고 말씀을 드렸더니 흔쾌히 내 글을 읽어봐 주시겠다고 해서 보여드렸다.

그랬더니 [반부패*청렴]이라는 주제에도 어울리긴 하지만, 정직과 양심이라는 주제에 좀 더 어울려 보인다며 조금만 더 공모전 주최국에서 원하는 주제로 나아갔었더라면 우수상 이상은 받을 수 있을 것 같다고 아쉬워하셨다. 이미 지원 기간이 끝나버린 터라 어쩔 순 없었지만 그래도 입상만 할 수 있었으면 좋겠다는 생각만으로 결과를 기다렸다.

요즘은 인터넷과 SNS가 발달한 정보화시대기 때문에 수많은 분이 공모전에 지원한다. 그래서 당선되기가 하늘의 별 따기라는 말까지도 들려오곤 한다. 그래서 지원한 것으로 만족하고자 하는 마음과 더불어 겸허하게 발표날짜까지 기다릴 수 있었던 마음이 생겨날 수 있었다.

2017 반부패·청렴 사연(수기) 공모전 수상자 발표

※수상작품은 공지사항에서 확인 가능합니다.

공지확인

그러던 중 2017년 8월 18일, 발표가 났다.

긴장되어 결과발표를 클릭해놓고 모니터를 끄기도 했다. 위 사진과 같은 문구가 떴을 땐 정말 가슴까지 졸였다. 그래도 확인이나 하자는 마음에 확인했더니 결과는 위에서 말했듯 [입선]이었다. 내가 제출한 글의 방향이 정직과 양심에 더 가까웠다는 누나의 말씀을 듣고 입상 자체가 되지 않았을까 하여 많이 걱정했는데 운이 따랐던 것 같다.

반부패와 청렴이라는 주제와 정직과 양심이라는 주제는 상당히 비슷하다. 정직해야 부패하지 않을 수 있고, 양심이 있어야 청렴할 수 있기 때문이다. 그래서 내가 주제를 너무 넓게 해석한 나머지 실수를 범한 것도 같다는 생각이 들었다. 그래서 2018년에 있을 공모전과 모레부터 진행될 독후감 공모전에서는, 조금 더 신중히 처리해

심혈을 기울여 지원하여 이왕이면 우수상 이상의 상장을 함께 받는 영광을 함께 얻을 수 있도록 최선의 노력을 다해보아야겠다.

내 입선 소식을 듣고 많은 분이 축하를 해주었다. 어떤 분은 내게 장난 가득한 얼굴로 이렇게 말씀하셨다. "또? 이번엔 또 무슨 공모전에 당선됐는데?"라고도 말씀해주셨다. 그 말씀을 듣고 잠시나마 입선이라는 결과는 아쉽게 생각했던 내 생각을 고쳐먹었다. 전 국민이 보는 인터넷에 공지된 공모전에서 최종 수상자 23명에 포함되었다는 것만으로도 충분히 감사해야 할 일이기 때문이었다.

이렇듯 어떠한 일에서든 노력은 결과를 얻는 중요한 견인차 구실을 한다. 하고자 하는 일이 성공적으로 마무리가 되어도, 실패로서 마무리가 된다고 해도 어떤 결과든 한 단계 더 도약할 수 있는 [용기]와 [열정], [분석]과 [오기]가 생겨나기 때문이다. 그래서 열정을 잃지 말고, 노력을 잊지 말라고 하는 것이다. 이 글을 통해 축하해준 많은 분에게 다시금 감사의 인사를 전하며 이 글을 마친다.

06번째 도전기.
'제18회 중앙일보 중앙신인문학상'

공모전 세부요강 ilovecontest.com

제18회 중앙신인문학상 작품을 공모합니다.
중앙신인문학상은 단편소설·시·평론 세 부문에 걸친 등단 행사입니다.
소설 상금은 1000만 원, 시·평론은 각각 500만원입니다.

2017년 8월 19일 오후 3시 00분.

중앙일보 신인문학상 즉, 신춘문예다. 문예를 좋아하는 나로서는 도저히 그냥 넘어갈 수 없는 최고의 시험이나 마찬가지인 셈이다. 이 문학상을 위해 써놓은 글이 한 편 있다. 지금은 탈고 중이다. 언제부터인가 도전이 즐거워졌다. 합격하든 불합격하든 그것은 차후의 문제였다.

될지 안 될지는 아무도 모른다. 단지, 최선을 다하고자 함에 있어 그 과정을 중요하게 여기는 '나'이기에 완성에 의의를 두는 것이다. 도전을 하면서 내가 가진 마인드는 아래 글귀와 같다.

'실패할까 두려워서 도전조차 하지 못하는 나약한 사람은 되지 말자.'
이 세상에 우뚝 솟은 분 중에 힘들고 어려웠던 과거가 없었던 분은 단 한 분도 없다. 타고난 재벌가의 아들이라 할지라도 엄청난 부담감 속에서 노력을 통해 현실을 헤쳐 나갔을 것이기 때문이다. 도전하지 않아 놓고 지나고 난 후 '그때 도전이라도 해볼 걸…'이라는 후회는 내가 가장 싫어하는 행동이다. 도전하지 않았다면 후회도 최대한 없어야 실의에 빠지지 않을 수 있다는 것이 그 이유다.

2017년 올 한 해 동안 많은 일이 있었다. 그러나 앞으로 도전해야 할 일들도 많이 있다. 그런 만큼 더욱더 열정을 갈고 닦아 지치지 않는 강력한 에너지로 영원히 가동될 수 있도록 노력할 것이다. [노력은 행동하는 자를 절대 배신하지 않는다]는 내 좌우명처럼 분명 결과는 따라오게 된다는 것을 믿는다. 이러한 나와 함께 도전의 소용돌이 속으로 함께 나아가 보자.

07번째 도전기.
'아빠, 엄마의 사랑이야기'

달 출판사 10주년 기념 기획 도서 응모 신청서

이름	박 상 준
이메일	myclup123@naver.com
연락처	010-4915-8389

2017년 8월 22일 오후 10시 54분.

부모님의 사랑 덕분에 내가 태어났다. 이는 인류의 애정 진화에 당연한 현상이다. 우리 부모님께선 1989년에 결혼하셨다. 무조건 자식은 많이 낳자는 아빠와 딱 둘만 낳자는 엄마의 대립이 한창일 때 내가 생겼다고 하셨다.

"피임만 한다고 해서 애기가 안생기오, 부인?"
"셋넷 씩 키울 여력이 없어요."
"아이는 하늘이 내린다 하더이다."

저 사진이 어디였는지는 도무지 기억나지 않는다고 하셨다. 그냥 하필 저 사진으로 공모전에 제출했을 줄이야 하시면서 울적해 하셨다. 흑역사였다는 것이다. 부모님은 내 어릴 적의 사진은 많이 찍어 주셨다.

그러나 정작 부모님의 연인 시절은 사진으로 많이 담겨있질 않았다. 가슴이 아팠다. 2대 8 가르마와 청청이 패션이 유행하던 그때 그 시절의 멋있는 한 커플의 사진이 많았더라면 좋았을 것을.

그래서 함께 사진을 찍자고 말씀드렸다. 우두커니 앞만 보시고 찍으려 하시기에 좀 포옹도 해보고 자연스러운 커플 자세를 취해보라고 강요도 했다. 남도 아니고 뭐 그리 자세가 어정쩡하냐고 말씀드렸다.

그랬더니 갑자기 아빠가 늑대를 보여준다고 하시며 엄마의 볼에 뽀뽀하는 자세를 취할 테니 찍어보라고 하셨다. 그래서 찍으려 했더니 엄마 왈, "내 볼은 송중기 옵빠꺼요." 무산되고야 말았던 것이었던, 것이었던 것이다.

공모전에 지원하면서 앞으로는 부모님만의 특별한 사진을 많이 찍으실 수 있도록 디카 한 대 사드려야겠다는 생각이 들었다. 최대한 이른 시일 이내에 진행해야겠다. 그리고 이 자리를 빌려 부모님께

드리고 싶은 말씀이 있다.

"부모님,
낳아주시고 길러주셔서 감사합니다.
그리고 사랑합니다."라고 말이다.

08번째 도전기.
'제10회 한민족 효사랑 글짓기'

⭐ **제 10회 효사랑 글짓기 공모전에 지원합니다.** ☑

📥 **보낸사람** ⭐박상준〈myclup123@naver.com〉

받는사람 17-08-24 (목) 09:25

📥 📎 **일반 첨부파일** 1개 (36KB) 모두 저장

⬇️ 🏠 **효사랑 공모신청서. hwp** 36KB 🔍

안녕하십니까?
제 10회 효사랑 글짓기 공모전에 응모합니다.

저의 기본적인 인적사항(표지)과 작품의 제목,
내용은 한글 파일로 첨부하였습니다.

이상입니다. 감사합니다.

2017년 8월 24일 오전 10시 00분.

꿈을 잃지 말라고 강조하는 자기계발서가 많이 있다. 그만큼 꿈의 중요성은 자기 발전에 막대한 영향력을 끼친다. 오후 3시까지 출근임에도 오전 5시 30분에 일어났다. 그리고는 위 사진과 같이 [제10회 한민족 효사랑 글짓기 공모전]에 지원했다. 아버지께서는 내게 우스갯소리로 말씀하셨다.

"중학교나 고등학교 때 아마 지금의 네 모습이었더라면, 서울대인들 가지 못했겠느냐?"

"에이~ 아빠, 서울대까지 가려면 집도 멀고, 차비도 많이 들고, 잘못하면 자취방까지 구해야 할 수도 있는데 집안에 잘못을 할 수 없어서 안 간 거지 결코 머리가 나빠서 못 간 것이 아닙니다~"

나는 참 단순한 사람이다. 무언가에 도전해야겠고, 이루고자 하는 목표가 생기면 그것만 바라본다. 다른 생각은 하지 않는다. 어떻게 하면 즐거운 마음으로 지원할 수 있을지만 생각한다. 매사에 이런 식이다 보니 일할 때는 일에만 집중해서 점장님이나 부점장님도 내게 무언가 말씀을 전하려고 오셨다가 그냥 돌아가시는 경우도 많았다.

'나 한 명 배려하고 노력해서 매출에 도움을 줄 수 있다면!'

내가 가진 마인드다. 그래서 일할 때 잘 쉬지도 않는다. 해야 할 것들이 눈에 보이기 때문이다. 그러나 나도 단점이 있다. 상사들의 부탁을 들어주길 원치 않는다. 내가 알아서 하는 것을 좋아하며, 싫은 소리 듣는 것을 싫어한다. '막내 땐 원래 그런 건데.'라고 생각하는 상사들과 불협화음이 잦았던 것도 사실이며, 최근에도 상사가 부탁하려 하기에 할 일이 많아서 안 된다고 말씀드려서 개념 없다고 소리를 들었던 적이 있었다.

그러나 내 할 일이 우선이다. 내가 관리하는 내 매장이 내 마음에 안 드는데 상사가 무언가를 시킨다고 해서 그 일에 치중하다 보면 고객들은 고객들대로 성의 없다고 생각하실 수 있고, 관리가 안 된 매장이라고 판단하실 수 있기 때문이다.

내 스타일이 이렇다 보니 요즘은 무언가 내가 노력하고 있을 때는 나를 건들지 않았다. 얼마 전엔 부점장님으로부터 "상준 담당은 일당백이다."라는 말씀을 들었고, 엄격한 아버지로부터는 "상준이는 마치 목표를 향해 달려드는 나폴레옹 같다"라는 말씀을 들었으며, 내가 속해있는 문인협회에서 한 분이 말씀해주시기를 "상준 작가님은 마치 글 쓰는 에디슨 같습니다."라는 감개무량한 말씀을 해주셨다. 정말 아주 고마운 일이었다.

이번 공모전은 비교적 쓰기 쉬웠다. 왜냐하면, 나는 불효자였기 때문이다. 부모님께 상처도 많이 드리고, 가슴도 몹시 아프게 했던 불효자이기에 그만큼 쓸 내용이 많았다. 쓰면서 참 후회도 많이 했다. '부모님께 그땐 왜 그랬을까?'를 생각하면서 말이다. 지금보다 더 철이 없던 시절에 부모님의 가슴에 박은 못만 생각하면 정말 지금도 가슴이 아파져 온다.

이 공모전에 지원을 완료하고, 한참을 멍하니 앞만 바라보고 앉아 있었다. 앞으로는 부모님을 슬프게 하는 불효는 저지르지 말아야 한다고 생각하면서 말이다. 결과는 10월 20일에 나온다고 하는데 좋은 결과 있었으면 좋겠다. 불효에 관한 내용인 만큼 만약 당선되는 영광을 얻는다면, 작성했던 내용과 함께 선물을 준비해 부모님께 함께 드려야겠다.

제4장

· · ·

바탕이 된 드림(DREAM)
프로젝트가 있다면?
[두 번째 이야기]

'N giving up Generation'

Go for it with self-suession!

바탕이 된 드림(DREAM)
프로젝트가 있다면? [두 번째 이야기]

★

01번째 도전기.
'수성문화원 효 문예작품'

2017년 8월 25일 오전 06시 30분.

글을 쓰는 것이 재미있다. 흔히 시간 가는 줄 모른다는 표현을 예로 들곤 한다. 나한테 글쓰기란 시간 가는 줄 모르는 특기이며 재미있는 행위이다. 효 문예 작품 공모전에 지원하면서 부모님에 대한 효심에 대해 다시 한번 생각해보는 시간이 되었다. 이번 8월에 유독 효 공모전이 많이 열려서인지 부모님께 평소에 잘해왔는지를 다시금 생각하게 해주는 것 같다.

☆ 효 문예작품 공모전에 응모합니다. ☑

△ **보낸사람** ☆박상준\<myclup123@naver.com\>
　　받는사람 17-08-25 (금) 01:02

△ 📎 **일반 첨부파일** 1개 (16KB) 모두 저장

　　⬇ ☁ 효 문예작품 공모전 지원 작품.hwp 16KB 🔍

안녕하십니까?
효 문예작품 공모전에 응모합니다.

저의 기본적인 인적사항(표지)과 작품의 제목,
내용은 한글 파일로 첨부하였습니다.

이상입니다. 감사합니다.

　살아가다 보면 부모님의 말씀이 곧 진리였다는 것을 깨달을 때가 있다. 대학교를 선택해서 갈 때, 직장을 선택할 때, 배우자(아내 혹은 남편감)를 선택할 때 부모님께서 하시는 말씀이 잔소리 같을진 몰라도 인생 연륜과 경험이 담겨 있는 충고이자 조언이라는 것을 알아야 한다. 부모님 말씀만 들으면 자다가도 떡이 생긴다는 말이 괜히 생긴 말이 아니다.

　롯데에 취업하기 전의 일이다. 취업 준비생일 때, 하루는 친구들과 약속이 있어서 오후 2시에 놀러 나가려고, 주무시는 아버지께 인

사를 드리려 방문을 열었는데 새우잠으로 주무시는 아버지를 발견했다. 순간 아무 말도 하지 못했다. 굉장한 충격이었다. 한없이 강한 줄로만 알았던 아버지였는데 아니었다. 얼마나 이 못난 아들에 대한 걱정이 많으셨으면 주무실 때도 편안하게 주무시지 못하고 쪽잠을 주무신단 말인가 싶었다.

엘리베이터를 타고 1층으로 내려가면서 죄송스러움에 눈물을 많이 흘렸다. 주체할 수 없는 눈물이 양 볼을 타고 한없이 흘러내렸으며, 땅으로 뚝뚝 떨어졌다. 부모님을 위해 취업하는 것에만 전념해도 모자랄 '나'인데, 친구들과 놀러 나가는 내가 처음으로 한심하게 느껴졌던 순간이었기 때문이었다. 그 후로 나는 친구들과 만남을 최대한 줄였다. 친구들과는 1개월에 1, 2번만 만나더라도 충분히 관계를 유지할 수 있었기에 어떻게든 줄였고 취업하는 것에 전력을 다했던 것이 기억난다.

내가 롯데그룹에 취업이 확정되고, 출근 날짜가 정해져 통보받았을 때, 아버지께서는 정말 기뻐하셨다. 수많은 지원을 하느라 힘들었던 마음은 아버지의 기쁜 얼굴을 보는 순간 씻겨 내려갔다. 처음으로 효도라는 것을 아버지께 해드릴 수 있어서 얼마나 기뻤는지 모른다. 물론 어머니도 매한가지다.

효 공모전 지원을 완료하면서 온갖 생각들이 파노라마처럼 머리를 스쳐 지나갔다. 그중에서도 만약 내가 이번 공모전에서 당선되게 된 다면 부모님과 함께 근사한 식당에 가서 맛있는 식사 한 끼같이 할 수 있는 아들이 되어야겠다는 생각이 가장 컸다. 이 약속이 반드시 지켜질 수 있는 결과를 얻기를 바라고 기원한다.

02번째 도전기.
'에너지 작품 공모(에세이 부문)'

2017년 8월 26일 오후 3시 00분.

에너지를 생각하면 내 마음이 뛴다. 내 삶의 에너지 역시나 에너지 일부이기 때문이다. 에너지를 절약하자는 말을 우리는 참 많이 듣는다. 뉴스에서도 각종 언론매체에서도 정말 많이 듣는 말 중에 한가지다. 그러나 요즘 에너지가 무방비로 낭비되고 있다는 소식을 접할 때가 많으며, 또 그러하다고 느끼는 경우가 늘어났다.

2017 에너지 작품 공모전 접수 확인증

접수일자	2017.08.26
작품개수	총 1개 작품 등록
이름	박상준
소속(학교)	일반(롯데쇼핑(주) 관리자)

위 사람은 2017 에너지 작품 공모전에 참가하여 위
와 같은 작품을 접수하였음을 확인합니다.

2017.08.26
2017 에너지 작품 공모전 사무국

　이유는 [심각한 온난화]로 여름에 일부 지역의 온도는 이제 30도
가 아닌 40도를 넘어가게 되는 것을 보았기 때문이다. 이는 정말 심
각한 수준이다. 이 공모전 수기를 쓰면서 그간의 내 모습을 후회하
기도 했다.

　우리나라는 지하자원이 부족하다. 에너지를 만들기 위한 원초적인
자원 자체가 없는 나라이기에 절약은 반드시 생활화가 되어야 한다.
[절약하면 좋다]가 아니라 [절약은 반드시 해야 한다]인 것이다.

조금만 더워도 에어컨을 트는 습관, 선풍기를 몇 대씩 돌리는 습관, 먹지 않을 냉동식품 및 냉장 식품을 먹을 것 같아서 구매하여 냉장고에 보관하는 습관적인 행동, '이 정도는 되겠지'라고 생각하는 안일한 태도 등이 절약을 막는 기본적인 사유가 되며, 국토와 자연에 해를 끼치는 원인이 된다는 것을 잊어서는 안 된다.

　나는 요즘 에너지 절약을 누구보다 실천 중이다.
　첫째, 집에서는 여간해선 에어컨을 틀지 않는다.
　둘째, 쓸데없는 전기 콘센트는 모두 뽑아버린다.
　셋째, 컴퓨터에도 화면 보호기를 설정하고 실행한다.
　넷째, 바로 먹지 않을 음식은 되도록 사지 않고, 냉동고/냉장고에
　　　　보관하지 않는다.
　다섯째, 물을 절약하기 위해 샤워 시에도 한 번에 머리와 몸에 거
　　　　품을 내어 수건으로 비누칠한 후 한 번에 씻는다.
　여섯째, 휴대전화 충전은 되도록 적게 한다.
　일곱째, 보지 않는 시간의 TV는 꺼버린다.
　여덟째, 쓸데없이 전자레인지를 사용하지 않는다.

　아끼고 절약하다 보니 전기요금 및 수도요금 역시나 현저히 줄어들었다. 여러분들도 줄여보라. 우는 아이에게 무조건 우유를 먹이지

않듯이 필요 없는 일에 무조건 사용하자는 원칙을 바꿔보라. 그럼 일거양득 아니, 일석수십조는 좋은 일이 생겨날 것이다. 반드시 그 리했으면 좋겠다. 하루바삐 그런 날이 오기를 간절히 바랄 뿐이다.

03번째 도전기.
'정선희, 문천식의 라디오시대 사연'

2017년 9월 3일 오전 6시 30분.

윤종신의 〈좋니〉와 박효신의 〈애상〉, 허각의 〈Hello〉가 내 심장을 반쯤 아름다움으로 물들일 때쯤, 병원에 입원해계신 어머니와 밤 늦게까지 일하시는 아버지가 떠올랐다. 그래서 애절함을 바탕으로 편지를 써 내려갔다. 어머니께서는 1~2개월 전 팔이 부러지시는 바람에 뼈를 고정하고자 핀을 박아둔 상황이었다.

그래서 이젠 뼈가 붙어서 핀을 제거하는 수술을 하기 위해 병원에 입원하시게 된 것이다. 내 마음이 한없이 좋지 못했다. 어머니께서 입원한 후로 집엔 활력이 생기지 않았다. 죄송스러운 마음은 하늘까지 뻗쳐올랐다. 비록 내가 어머니를 다치게 한 것은 아니지만 아들로서 팔에 시퍼렇게 멍이 들어 계신 모습을 보며 나도 모르게 울컥했다.

환자복을 입고 있는 어머니가 너무 야위어 보였다. 그간 나를 키워주신다고 고생만 잔뜩 하셨는데 생각해보면 나는 어머니께 잘했던 것이 없었던 것 같다. 학창시절에도 인문계에 가길 바라셨지만, 그러질 못했고, 적응을 빨리하길 바라셨지만 그러지도 못했다. 20대가 되어서도 대학을 졸업한 후 1~2년간을 취업하지 못하고 어머니의 마음을 상하게 했다.

그래서인지 비록 팔이 편찮으시지만, 마음이 편찮으셔서 입원하신 것 같아 마음이 굉장히 좋지 못하다. 그래서 편지를 써 내려갔다. 그래야만 했다. 이제 자정이 넘었으니 오늘이지만, 출근하는 날이지만 잠 따위는 중요하지 않았다. 여자 친구가 소중하다지만 어머니에 비교할 바가 아니라고 느낄 정도로 카톡 대답조차 해주지 않고 편지를 써 내려갔다.

편지는 1시간 아니 2시간 동안 써졌다. 마음에서 우러나오는 대로 썼고, A4용지 3장·· 4장·· 5장으로 분량도 늘어났다. 내가 편지를 라디오 사연으로 올린 이유는, 만약 내 사연이 당선된다면 부모님께 들려드리며 약소하지만, 부모님께 작은 이벤트를 하기 위해서다. 그래서 꼭 당선되었으면 좋겠다는 바람을 가져본다. 오늘은 선선한 바람이 불어대는 9월의 가을에, 3일째가 되는 날이다. 어머니께서 하루빨리 퇴원하시길 바라고 또 바라는 마음으로 하늘을 향해 기도를 드리기도 했다. 라디오에 사연으로 올리고, 더불어 기도를 드리고 나니까 그나마 마음의 위안이 되는 것도 같다. 오늘은 회사를 마치고 어머니께서 드시고 싶어 하시는 충무김밥 한 줄 사서 병원으로 곧장 달려가야겠다.

04번째 도전기.
'이지웰 가족사랑 수기공모'

이지웰가족복지재단
Ezwel Family Welfare Foundation

가족 캠페인   가족 봉사   가족 교육   가족 후원

행복한 가족, 행복한 직장, 행복한 세상

가족 교육   **공모전 응모**

HOME > 가족교

- 가족교육 소개
- 스스로 부모학교
- 찾아가는 가족학교
- THE가족 캠프
- 가족사랑 수기공모
  - 공모전소개 new
  - 당선작

• 출품부문	일반부		
• 이 름	박상준		
• 생년월일	1990년 04월 15일		• 성별
• 연락처	010-4915-8389		
• 비상연락처	▢▢		관계
• 주소	(51231) 경상남도 창원시 마산회원구 내서읍 중리상곡로 114 ▢		
소속(학교)	일반		

2017년 9월 5일 오전 10시 00분.

완성했다. 피곤했던 나머지 그냥 잘까라고 생각도 했었다. 그러나 그냥 잘 수 없었다. 왜냐하면, 응모하고 싶은 공모전이었기 때문이다. 그래서 잠시 10분 정도 눈만 붙이고 일어나 지원했다. 작성을 다하고 지원하고 나니 새벽 1시가량이 되어 있었다.

'노력은 행동하는 자를 절대 배신하지 않는다'

내 좌우명이다. 이제껏 노력하지 않아서 불합격하거나 시도조차 못 해봐서 떨어진 일은 있어도 각고의 노력 끝에 지원하거나 어딘가에 도전해서 이루지 못했던 일은 잘 없었던 것 같아서 좌우명으로 선정했다.

공모전 지원을 완료하면서 내게 나 자신이 한 말이 있다.

첫째, '비록 지금은 힘들어도 반드시 웃게 되는 날이 올 거야.'

둘째, '상준아 넌 반드시 해낼 수 있어. 이제 노력한 결과가 하나씩 보이잖아. 힘내!'

셋째, '노력보다 중요한 열정은 없는 거야.'

이렇게 3가지 말이다. 그래서인지 굉장히 편안한 마음으로 완료의 기쁨을 누릴 수 있었던 것도 같다. 노력이 어렵고, 어떻게 해야 좋을지 모르겠다는 분이 있다면 이것만큼은 기억하라. 노력 없는 쟁취는 실패뿐이라는 것을 말이다. 나 역시나 이 말을 토대로 더욱더 노력하는 내가 되도록 나를 관리해 나갈 것이다. 앞으로도 변함없을 수 있도록 많은 분께서 응원과 격려를 해주셨으면 좋겠다고 감히 바라본다.

05번째 도전기.
'오장환 신인문학상(시부문)'

2017년 9월 6일 오후 3시 00분.

오장환(吳章煥) 시인은, 1933년『조선 문학』에 「목욕간」을 발표하여 작품 활동을 시작하였다. 1936년『낭만』, 『시인부락』의 동인으로 참여하면서 본격적인 활동을 하였으며, 이듬해『자오선』 동인으로 참여한(네이버 자료) 위대한 시인분이다. 대단하신 분이다.

나는 오장환 신인문학상에 도전을 완료했다. 그런데 산문형식의 글은 감정을 싣는 데 어려움이 없지만, 시는 내게 아주 어려웠다. A4용지 반장 정도 되는 분량 내에 모두를 아우를만한 감정을 싣는다는 것, 보통 일이 아니기 때문이다. 그래도 도전했다. 초시(처음 지은 시를 나타내는 박작가 용어)를 짓고 나서도 몇 번을 수정하고 수정했는지 모르겠다.

이제 우체국으로 가서 보내면 완료된다. 곧 우체국에 도착한다. 항상 마음먹은 일은 그때그때 바로 처리해야 직성이 풀리는 나였기에 바로 움직여야 했다. 이런 내 성격은 어쩔 땐 몸이 힘들어 쉬고 싶은데도 해야 한다는 생각으로 이어진다는 단점도 있다.

그렇지만 하고자 하는 부분에 있어서 하지 않고, 그냥 넘어가는 부분은 없다는 장점이 더 크다. 앞으로 더 큰 노력과 도전을 통해 나를 단련시킬 것이다. 물론 힘든 것도 맞고, 어떨 땐 몸이 고될 때도 있지만, 그건 한순간일 뿐이지 영원히 지속하는 것은 아니기 때문이다. 하면 된다는 생각이 가장 먼저 가져야 할 중요한 생각인 것만은 틀림없다.

06번째 도전기.
'김현승 시문학상 공모'

★ **박상준-한국방송통신대학교** ⬈

🔺 **보낸사람** ★박상준 <myclup123@naver.com>
받는사람 17-09-08 (금) 08:10

🔺 📎 **일반 첨부파일** 1개 (16KB) 모두 저장
⬇ ☁ 김현승 시문학상 응모.hwp 16KB 🔍

안녕하십니까?
김현승 시문학상에 응모합니다.

참가신청서 및 응모작품은,
1개의 한글 파일로 첨부하였습니다.

이상입니다. 감사합니다.

2017년 9월 8일 오전 10시 30분.

김현승 시문학상에 도전했다. 수필과 소설이 주라면 주인 나였지만, 시에도 도전해보고 싶었다. 어렵다고 해서 도전하지 않으면 그건 도전하지 않는 것이 아니라 포기하는 것이라는 믿음 때문이었다. 최대 5편의 시를 지어서 지원할 수 있었다.

나는 한국방송통신대학교를 다니는 대학생이기 때문에 지원도 가능했다. 반드시 좋은 결과가 있었으면 좋겠다. 내가 응모하고 지원하는 모습을 아버지와 어머니께서 보시더니 칭찬을 해주셨다. 대체 어떻게 그렇게 네 모습이 바뀌었느냐며 신기해하시기도 했다. 그래서 나는 이렇게 말씀드렸다.

"아빠, 엄마. 저는 그간 정말 바보같이 시간을 보내왔습니다. 노력이라는 것이 무엇인지도 모르고, 도전이라는 것은 뒤로 한 채 그저 평범하지도 못할 삶을 평범하게 살아가려고 하면서 삶을 내버려 뒀던 것 같습니다. 그래서 앞으로는 그러지 않으려 합니다. 도전과 열정을 잃지 않는 제가 되겠습니다."

요즘 여동생도 사뭇 놀라는 표정이다. 전문계를 졸업하고, 꿈과 희망 없이 하루하루 짜증만 내고, 불평불만만 하던 오빠가 어느 날 갑자기 소설/수필/드라마/시 부문으로 입상을 하고, 책을 3권째 완성해나가는 저자가 되면서도 롯데라는 대기업 사원으로 회사생활을 병행하고 있으니 여동생은 그런 내가 그저 신기하다고 했다.

여동생 역시나 중학교 때까지는 앞서 말했듯 내서딸과 대장 출신이었다. 그러나 인문계 고등학교로 진학하면서 자신의 실력에 충격을 받고, 그때부터 미친 듯이 공부에만 전념했다. 중학교에서도 내 여동생 하면 포기했을 정도였는데 돌연히 변했다는 말이 틀리지 않을 정도로 갑작스럽게 공부만 하기 시작했다. 그러더니 고등학교 3학년 때 대학교 선택할 시점이 되어서는 학교 선생님으로부터 전화까지 왔다.

"소현이 어머님 되시죠? 소현이가 지방대 가기엔 아까운 점수가 나왔습니다. 그런데 수능을 망칠 줄 알고 다소 하향지원을 했던데 1년간 시간을 공부에만 할애하도록 함은 어떠실는지요?"

그러나 내 여동생은 "내 사전에 재수는 없다."라고 했고, 당당히 사범대학에 4년 장학생으로 학비 하나들이지 않고 입학했다. 또한, 졸업하면서 우수상을 받고 졸업했으며, 그 어렵다는 영어교육학과로 진학했다. 쉽게 말하자면 금의환향한 것이다. 한 학기에 300만 원 ~ 500만 원씩 하는데 4년 즉, 8학기를 장학금으로 다닐 수 있게 되었으니 얼마나 대단한 일인가 말이다.

그런 동생이 내게 말했다.

"박작가님, 대단하당 진짜. 내가 예전부터 보아왔던 오빠의 모습이 아니네. 오빠야가 이렇게 변할 줄은 꿈에도 몰랐당. 계기가 뭔뎅?"

그래서 나는 이렇게 톡 답장을 보냈다.

"가만히 생각해보니까 너무 억울하더라. 다른 사람들은 자기가 원하는 일에 매진하면서 살아가고, 어떤 사람은 꿈을 이루면서 살아가는데 나는 왜 그러지 못해야 하냐는 생각이 들었거든. 똑같이 팔다리가 다 있고, 생각할 수 있는 두뇌가 있으며, 말을 할 수 있는 입도 있고, 도전할 수 있는 여건도 충분한데 왜 안 해서 힘들게 하루하루를 살아야 할까라는 생각이 들었어. 그게 계기였던 것 같다."

동생은 내게 진심으로 응원한다고 전했다. 동생에게 부끄럽지 않은 오빠가 되자는 것이 항상 내 바람이었던 만큼 앞으로 더 열심히 노력해야겠다는 다짐을 해본다. 이렇듯 오늘 김현승 시문학상에 도전했다. 앞으로도 내 도전은 멈춤 없이 계속될 것이다. 그리고 꿈을 이루는 그날, 반드시 말할 것이다. "꿈은 가만히 있다고 이루어지는 것이 아니라, 노력이 밑바탕이 되어야 하며, 갑자기 찾아오는 성공은 없습니다."라고 말이다.

07번째 도전기.
'미래의 해양경찰 친구 컨설팅'

2017년 9월 8일 오후 5시 5분.

친구랑 오랜만에 만났다. [해양경찰]을 준비하는 멋진 친구다. 그 친구가 갖고 있던 고민을 들어주기도 하고, 해답은 아니지만 내 나름대로의 대답을 해주기도 하면서 즐거운 만남을 이어갔다.

이 친구도 해양경찰을 준비하는 꿈나무로서 열심히 한다. 그래서 나도 용기를 줄 수 있는 많은 이야기를 해주었다. 친구도 내 이야기를 듣고 용기를 많이 얻었다며 고마워했다.

[드림(DREAM) 컨설팅 5가지 대화 주제목록]

첫 번째 Key-Point,

:꿈은 그냥 꿈으로만 가지고 있으면,

아무것도 이룰 수 없고 뒤바뀌어지지 않는다.

두 번째 Key-Point,

:기회는 노력하는 사람에게로 돌아간다.

세 번째 Key-Point,

:항상 도전하고, 노력하고, 된다는 생각을 해야 한다.

네 번째 Key-Point,

:노력은 행동하는 자를 절대 배신하지 않는다.

다섯 째 Key-Point,

:최선을 다하다 보면 결과는

어느새 손을 들고 너를 적극적으로 환영한다.

위 5가지를 토대로 대화를 나누면서도 종종 나는 질문을 했다. 내가 질문했던 질문내용은 아래 3가지다.

첫째, "민철아. 너는 꿈이 뭔데? [Work Plan] 말고."

둘째, "민철아. 네가 가장 소중하게 생각하는 게 뭔데?"

셋째, "민철아. 목표에 대한 구체적인 계획은 있나?"

첫 번째에 해당하는 대답은, 해양경찰이 목표요, 꿈은 래퍼가 되는 것이 꿈이라고 대답했다. 그래서 나는 회사에서 열심히 해서 진급을 하겠다는 것은, 일의 목표일 뿐이지 너 자신만의 목표는 아니라는 걸 알아야 한다는 말을 덧붙여 해주었다.

두 번째에 해당하는 대답은, 친구나 가족 혹은 내 꿈이라고 말했다. 그래서 나는 자기 자신을 사랑할 줄 알아야 한다고 말해주었다. 성공과 실패, 좋아하는 감정, 꿈과 목표, 부모님을 사랑하고 존경하는 마음, 친구를 아끼는 마음 역시나 자기 자신이 존재하지 않으면 생길 수 없는 마음들이라는 말을 덧붙여 해주었다.

세 번째에 해당하는 대답은, 본인의 꿈은 [해양경찰]이란 것 이외에는 더 대답을 해주지 못했다. 그래서 나는 내가 책을 쓰고, 강사가 되었을 때 쓸 자료를 모으고, 내 이름으로 된 10권의 책을 쓰겠다는 목표 등 5가지 목표를 가진 것처럼 해양경찰이 꿈이라면 그 꿈을 이루어나가는 데 있어서 어떤 책으로 얼마 정도의 공부를 하고, 어떤 노력을 바탕으로 삼겠다는 걸 목표로 세분화시키면 좋겠다고 말을 덧붙여 해주었다.

이 친구와 시간 가는 줄 모르고 대화를 나누었다. 무엇보다 친구가 "나도 앞으로 목표를 세세하게 세우고 가져보겠다."라는 피드백을 해주어서 고마웠다. 친구랑 만남을 끝내면서 서로 아래와 같이 약속했다.

다음에 다시 만날 땐, 좀 더 발전되고, 계발적인 모습이 되어 있었으면 좋겠다. 친구와의 만남은 이렇게 끝이 났다. 그러나 집으로 돌아가기 전, 친구의 눈빛은 반드시 해양경찰에 합격하고 말겠다는 초롱초롱한 눈빛이었고, 희망이 가득한 행복한 표정이었다.

다시 만났을 때, 서로 약속한 것처럼 더욱더 계발적이고 발전적인 모습으로 만날 수 있었으면 좋겠다는 바람뿐이다. 그래야 서로 진정한 승자가 될 수 있고 웃으며 즐거운 만날 수 있을 것이라 믿기 때문이다. 미래의 해경이 될 친구 김민철을 진심으로 응원한다. 언제 여느 때나 파이팅이다.

08번째 도전기.
'애드캠퍼스 칼럼멘토단 2기 모집'

★ 애드캠퍼스 칼럼맨토단 2기 모집에 지원합니다! 🖉

🔺 **보낸 사람** ★박상준〈myclup123@naver.com〉

받는 사람 17-09-09 (토) 01:55

🔺 📎 **일반 첨부파일** 1개 (9KB) 모두 저장

　　⬇ 🔷 [지원서] 2기 애드캠퍼스 칼럼 멘토단 지원서(박상준).docx 9KB 🔍

안녕하십니까?
애드캠퍼스 칼럼맨토단 2기 모집에 지원하고자 합니다.

저의 기본적인 인적사항(표지)과 작품의 제목,
내용은 파일로 첨부하였습니다.

이상입니다. 감사합니다.

2017년 9월 9일 07시 00분.

내가 나아가고자 하는 꿈의 방향과 일치하는 멘토단에서 인원을 구하고 있다는 공채 모집 글을 보았다. 그래서 주저할 것도 없이 지원했다. 앞으로 내가 사람들과 소통하면서 꿈을 향해 나아가는 데 필요한 활동일 거라 생각한다. 다만 아직 된 건 아니다. 그저 지원했을 뿐이며, 아직 발표도 나지 않았고, 확정된 것은 아무것도 없다.

나는 부딪히는 것을 좋아한다. 부딪히면서 해결하고, 불가능하다고 포기하는 것이 아니라 가능하다고 생각하고, 도전하는 것을 즐긴다. 그래서 가능했던 지원이다. 내가 하고자 하는 일을 하면서 산다는 것, 얼마나 보람차고 행복한 일인가 말이다.

현재 시각 새벽 2시 1분이다. 날은 이미 어두워질 대로 어두워져 앞이 보이지 않을 정도다. 그러나 나는 해결하고 싶은 일을 해결하다 보니 아직 잠자리에 들지 않았다. 그리고 나는 요즘 공부를 하고 있다. 경제적이든, 명예적이든, 보람이든, 어떤 면으로 보든 남부럽지 않은 삶을 살고 싶기 때문이다.

내가 하는 일이 완성되고, 떳떳하게 말할 수 있을 때까지 내 노력은 멈추지 않는다. 비록 어렵고, 힘든 고난의 순간이 찾아오겠지만 하나의 과정이라고 생각하고 이겨낼 수 있으리라 믿는다.

내 주변에는 기술사를 공부하는 친구, 해양경찰이 되고 싶다는 친구, 파워포인트 최강자가 되고 싶다는 꿈을 가진 여성분, 나이팅게일과 같은 간호사가 되고 싶다는 여자 친구까지 꿈쟁이들이 많다. 그들과 함께 나중에 인생의 레드카펫에서 후회 없는 삶을 살아갈 때까지 도전하는 일을 마다하지 않겠다. 그것이 내 다짐이고, 확신이다. 그리고 나의 [박작가 경영철학]이다.

제5장

⋮

그래, 계속 도전하는
자세를 갖는 거야!
[세 번째 이야기]

'N giving up Generation'

Go for it with self-suession!

01번째 도전기.
'2017년 자원봉사 따뜻한 이야기'

★ **2017년 사회복지자원봉사 따뜻한 이야기 공모전에 응모합니다.** 🗗

▲ **보낸사람** ★박상준〈myclup123@naver.com〉
받는사람 17-09-12 (화) 08:28

▲ 📎 **일반 첨부파일** 1개 (31KB) 모두 저장

  ⬇ ☁ 이야기공모전-박상준.zip 31KB

안녕하십니까?

**[2017년 사회복지 자원봉사 따뜻한 이야기]
공모전에 지원하고자 합니다.**

**저의 기본적인 인적사항(표지)과 작품의 제목,
내용은 파일로 첨부하였습니다.**

이상입니다. 감사합니다.

2017년 9월 12일 09시 00분.

작가로서 문학 관련 공모전에 지원하는 일은 정말 뿌듯한 일이다. 행복한 일이며, 뜻깊은 일이고, 주저하지 말아야 할 일이다. 나는 사회복지 역시나 좋아한다. 그래서 시간 날 때마다 사회복지를 하려고 노력한다. 헌혈 역시나 사회복지의 일종이다.

[사회복지]의 사전적 의미가 무엇인가? 국민의 생활 향상과 사회 보장을 위한 사회 정책과 시설을 통틀어 이르는 말. 교육, 문화, 의료, 노동 따위 사회생활의 모든 분야에 관계하는 조직적인 개념을 의미하지 않는가? 나는 헌혈 300회라는 꿈과 목표를 가지고 있다.

그리고 이번 공모전에도 헌혈에 관련된 이야기를 작성해서 응모했다. 나는 항상 운이 좋아서 그런지 가슴 따뜻한 일들을 헌혈을 통해 여러 번 경험했다. 그래서 그것들을 토대로 튀겨내듯 이야기로 풀어낼 수 있었다. 앞으로도 나는 이번 공모전을 통해 봉사 활동의 중요성과 의미를 더욱더 잘 깨달았기에 더더욱 많은 봉사 활동으로 사회에 도움이 되어야겠다.

나는 영화관에서 강제규 감독의 〈태극기 휘날리며〉를 보면서 크게 느낀 것이 있었다. 이런 대사가 나왔기 때문이다. "국가에서 자네에게 무언가를 해주길 바라기 전에, 국가를 위해서 무언가를 하란 말이야. 그래야 국가도 자네를 인정하고 그에 맞는 대우를 베풀지 않겠나?"라는 대사였다.

아마 그때부터 내가 본격적으로 헌혈과 더불어 마음에서 우러나오는 사회복지(봉사)를 할 수 있었던 계기가 아닐까 싶다. 나는 언제나 도전하는 삶으로 행복을 잃지 않을 것이다. 봉사도 도전이며, 행복을 잃지 않는 일에 포함되니까 봉사 정신도 잃지 않을 것이고 말이다.

이렇게 나는 2017년도 사회복지 자원봉사 따뜻한 이야기 공모전에 지원을 완료했다. 참으로 뜻깊고, 지원 완료 버튼을 누를 때까지 몇 번을 계속 봤던 공모전이 되었던 것 같고, 봉사의 이유와 목적을 알게 해준 고마운 공모전이 되었다.

02번째 도전기.
'위안부 할머니들께 편지쓰기'

편지쓰기 이벤트

이벤트 참가방법

[이벤트 기간] 2017년 8월 14일 ~ 9월 22일까지

[참가방법]
1) 일본군'위안부' 할머니께 편지 또는 다짐글을 써서 들고 사진 촬영, 개인 SNS에 사진과 함께 공통 해시태그*
   작성하여 업로드
   * #일본군'위안부'피해자기림일, #0814, #기억하자 등
2) 작품공모전 홈페이지 이벤트 >> 편지쓰기 이벤트란에서 개인 SNS URL 등을 넣고 응모

2017년 9월 15일 오후 3시 30분.

위안부 할머니들께 아래 사진과 같이 편지를 쓰고, 지원하는 과정에서 가슴에 한이 맺혀 있는 할머니들의 마음을 느껴볼 수 있었던 것 같다. 해시 태그를 해야 했기에 해시 태그를 하고, [지원이 완료 되었습니다.]라는 문구가 뜨는 순간, 정말 뿌듯했다. 오늘 하루 보람 차게 잘 보낼 것 같다는 생각도 함께 들었다.

"역사를 잊은 민족에게 미래는 없다."라는 말, 정말 와 닿는 명언 이다. 우리나라가 힘이 약해서 일제의 침략을 막아낼 수 없었기에 벌어졌던 안타까운 일이다. 나라가 힘이 없으면 어떻게 된다는 것을 이번 기회에 뼈저리게 깨달을 수 있었던 계기도 되었다.

위안부를 사전적 의미로 하면 주로 전쟁 때 남자들의 성욕 해결을 위하여 군대에 강제로 동원된 여자를 뜻한다. 그러나 일제는 강제로 폭행을 일삼으며 징집하듯 끌고 갔으니 나는 폭력제압과 무자비한 취급을 했다고 생각하며 당했을 그 아리따운 소녀들을 생각해보면 치가 떨릴 뿐이다.

이번 공모전 기간이 끝나기 전까지 많은 분이 참여했으면 좋겠다. 그래서 위안부 할머님들의 얼굴을 웃는 얼굴로 만들어드렸으면 좋겠다. 앞으로 여생만큼은 항상 행복하고 좋은 일들만 가득히 하시길 바라고 소원하며, 기원하는 바이다.

03번째 도전기.
'2018년도 컨셉트 잡기'

2018년 자기계발의 해 월별 컨셉트 선정

1분기
01월 문예창작의 달
02월 독자와 소통의 달
03월 New 책 쓰기 시작의 달

3분기
07월 공모전 지원의 달
08월 열렬독서의 달
09월 추수독서절의 달

2분기
04월 글키 아이디어 구상의 달
05월 책 쓰기 완성의 달
06월 여행을 통한 활동의 달

4분기
10월 한해 정산의 달
11월 정산 결과 소통의 달
12월 내년을 위한 준비의 달

2017년 9월 17일 오후 2시 19분.

2017년도도 이제 10월, 11월, 12월밖에 남지 않았다. 벌써 1년이 지나가려는 가을에 접어들었다. 유난히 기승을 부렸던 여름도 이제 옛일같이 느껴지는 그러한 시기가 벌써 찾아왔다. 보통 이때쯤이면 1년을 되돌아보게 된다. 몹시 추운 겨울보다 선선하고 쌀쌀한 가을이 더욱 계절적으로 과거를 돌이켜보게 된다는 흥미로운 연구결과를 본 적이 있어서인지 더 그렇게 느껴지는 것도 같다.

2017년 올 한해는 정말 내게 보람차고 소중한 한해였다. 여느 한해가 그렇지 않겠느냐마는 올해는 특히나 내게 더욱더 많은 것들을 변화하게 해준 한 해가 되었다. 꿈을 찾게 해주고, 어떤 식으로 나아가야 할지 방향 마련을 할 수 있는 나침반과 같은 역할이 되었던 한해였다.

아직 10월~12월 즉, 1년의 한 분기가 남아 있다. 더욱더 내 관리에 노력을 다하는 날들이 되어야겠다. 나는 2018년도를 자기계발의 해로 선정했다. 그리고 나만의 콘셉트를 정해보기로 했다. 대한민국에서 6월은 호국보훈의 달, 5월은 가정의 달, 4월은 식목의 달이라고 지정했듯이 말이다.

나는 [자기계발]이라는 게 얼마나 중요한지 깨닫게 되었다. 올해를 계기로 계속 늘려나갈 것이다. 나와 함께 자신만의 콘셉트와 계발의 길로 들어서 봤으면 좋겠다. 혼자보단 둘이 낫고, 둘보단 셋이 힘을 합치는 게 더 승리로 가는 지름길이기 때문이다.

04번째 도전기,

'꿈드림 플랜연구소 대표 연구원 도약!'

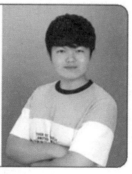

박상준 작가 약력사항
- 3개 신인상 수상자
- 3개 문인협회 등단자
- 창원주재명예기자
- 중앙일보 필진
- 문학 작가
- 꿈드림코치
- 드림플랜 컨설턴트
- 로맨스소설 작가
- 자기계발서 작가

- 저서
  <런던, 그곳에서>
- 출간예정 저서
  <농산청년, 꿈을 향하여>

N 꿈드림코치

박 상 준
DREAM
플랜연구소

2017년 9월 20일 오후 3시 00분.

내겐 꿈이 있다. 꿈으로 소통하는 컨설턴트로 살아가는 것이다. 2017년 올해는 내게 많은 일이 일어났다.

[3개 신인상]과 [명예기자], [등단], [작가 당선], [저서 출간], [자기계발서 출간 예정], [꿈드림코치], [드림플랜 컨설턴트] 등 말이다. 이 모든 것이 나를 사랑하는 마음 덕분이었다. 내가 나랑 사랑하지 않았다면, 과연 자기계발의 중요성을 느끼고 실천할 수 있었을까? 아마 아니었으리라 본다.

나는 지금까지 5번의 컨설팅을 진행했다. 컨설팅을 진행하면서 항상 "자신이 가장 좋아하고, 사랑하는 것은 무엇인가?"에 대한 질문을 빼놓지 않았다. 모든 분이 [친구], [보유한 재산], [이성 친구] 등을 이야기했다. 그러나 한 분도 [나 자신입니다.]라고 대답하지 않았다.

생각해보라. 자신이 세상에서 살아가고 있지 않으면 재산이 무슨 소용이며, 친구가 무슨 소용인가? 그리고 이성 친구가 무슨 소용이며, 즐거움·슬픔과 같은 감정 역시나 무슨 소용인가? 모든 것이 자신이 살아있기 때문에 소중하다고 느낄 수 있는 것들이다.

나는 나 자신을 제일 사랑한다. 그래서 비하 발언을 듣는 것이 싫으며, 나 자신을 내버려 두는 일 또한 원치 않는 것이다. 인격적으로 된 사람도 되고 싶고, 많은 분과 꿈을 이뤄가며 축복도 하고 싶으며, 명예로운 사람도 되고 싶다.

무언가를 간절히 바란다면 자신부터 사랑하라. 그리고 자신에게 물어보라. "나는 과연 이 일을 못 해낼 수밖에 없는 사람입니까?"라고. 답변 역시나 자신만 들을 수 있고, 자신만이 알겠지만, 십중팔구는 해낼 수 있다는 답변을 듣게 되리라 믿는다.

05번째 도전기.
'영화평론가로 활동하기 프로젝트'

2017년 9월 21일 오후 2시 15분.

아주 감명 깊게 본 영화로 기억에 남을 것 같다. 배우 설경구의 연기력은 정말 상상을 초월한다. 눈빛 하나, 대화 하나하나에서 대단한 포스와 진심이 느껴졌다. 상대 배우 김남길 역시나 소름 돋는 연기로 영화를 맛있게 만들었다고 표현할 수 있게 했다.

대한적십자사에서 헌혈하고 6,000원 할인권을 받아 관람한 영화인만큼 더욱더 집중하면서 본 것 같다. 아이돌 가수 설현 역시나 영화에서 설경구의 딸로 등장하는데 생각보다 연기실력이 좋았다. 감정이입과 분위기 등에서 한 부분을 차지했다고 할 수 있을 만큼.

책이나 드라마·영화를 볼 때 작가라서 그런지 전지적 작가 시점을 기반으로 보게 되는 것 같다. 내가 저 영화를 만든 시나리오 작가라면 어떤 설정값으로 캐릭터들의 분위기를 어떻게 연출시켰을까? 라는 등의 시점 말이다. 더구나 이 영화의 원작은 책이다. 그런 만큼 더욱더 흥미롭게 본 영화였던 것 같다. 영화를 볼 때 참고로 팝콘을 사서 보라. 더욱더 긴장감을 느껴가며 볼 수 있을지도 모른다.

영화가 끝나고 나니 뭐랄까? 이 복잡하면서도 심오한 느낌은? 말로는 쉽게 표현할 수 없는 그런 느낌이었다. 그러나 분명한 것은, 결코 책보다 질이 떨어지지 않는다는 점이다. 반드시 봤으면 좋겠다는 추천 영화로 선정하고 싶을 정도였다.

이 영화를 만든 감독까지도 새로워 보였으니까. 아마 내 예상으로 700만 이상의 관객은 영화를 관람한 누적 관객으로 집계되지 않을까 싶을 따름이다.

06번째 도전기.

'헬스클럽 러닝머신 위에서 글쓰기'

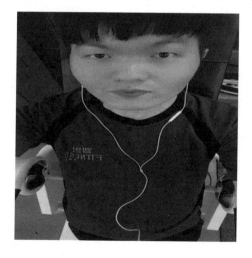

2017년 9월 23일 오후 12시 30분.

러닝머신에서 속도 7.3으로 걸을 때, 하루하루가 너무 힘든 나머지 무언가 함께 해야 앞으로도 계속 러닝머신 위에서 운동하는 것이 가능해질 것만 같았다. 그래서 생각해낸 것이 러닝머신 위에서 휴대전화로 글을 쓰는 것이다. 집중력도 키울 수 있으며, 무엇보다 몇 분을 걷고, 뛰었는지가 계속 눈에 들어오지 않는다는 것이 가장 큰 장점이었다.

계속 시간을 체크하면서 걷다 보면 쉽게 지치곤 했는데, 글쓰기 방법을 함께 도입한 이후, 러닝머신 위에서 운동하는 것이 오히려 즐겁게 느껴졌다. 보통 글 한 편 쓰고 보면 20분 정도의 시간이 지나 있다. 일거양득이 아닌가? 물론 감당할 수 있는 속도 내에서 안전하게 운동한다는 전제 조건을 다는 것은 당연한 일이다.

쓰는 것도 러닝머신 위에서 휴대폰 메모장에 썼던 내용을 카톡으로 옮겨 블로그에 그대로 붙여넣기 한 것이다. 그리고 생각보다 글감들도 잘 떠올랐다. 운동 중이라 신체가 건강함을 되찾아가서일까? 그저 신기할 따름이다.

우리는 흔히 어떤 일이든 "하고자 하면 된다."라는 말을 많이 들고, 배우며 자라왔다. 비록 엉뚱한 발상일 수도 있지만, 요 며칠간 시범적으로 시행한 러닝머신 위에서의 글쓰기는 내게는 정말 안성 맞춤이면서도 일석이조의 효과를 누릴 수 있는 최고의 방법이 되어 주고 있다.

그러니 여러분들도 반드시 자기 자신에게 더 좋은 방법으로 취미 생활 혹은 특기를 계발할 수 있기를 바라며, 가장 좋은 방법은 지금 바로 [자신이 좋아하는 행위 + 취미/특기 = 결과] 실행에 옮겨보는 것임을 명심해주었으면 좋겠다.

07번째 도전기.
'2017년 호국보훈 문예작품'

2017년도 호국보훈문예작품 공모전 접수확인

◆ **접수자(대표자) 정보**

- 추후 이벤트 당첨자 발표 시 연락 가능한 정확한 정보를 기입해 주시길 바랍니다.
- 연락처 오류로 인한 책임은 참가자에게 있습니다.

성명	박상운	
연락처	휴대폰	⬛⬛⬛-⬛⬛⬛-⬛⬛⬛
	자택	⬛⬛-⬛⬛⬛⬛⬛
이메일	mycup123@naver.com	
주소	51231 경남 창원시 마산회원구 내서읍 중리상곡로 ⬛⬛-⬛⬛⬛⬛⬛⬛	
소속	일반인	학교
접수부문	수필	

확인 >

2017년 9월 28일 오전 10시 00분.

호국보훈이란 무엇인가?

호국보훈이라고 함은, 대한민국 국민으로서 우리나라를 지켜주신 선조 분들에게 감사한 마음을 가지고, 공훈에 보답하는 일을 말한다. 나는 약 1년 전, 국립대전현충원을 찾았던 적이 있었다. 공모전에 낼 작품을 쓰기 위해서라는 이유도 있었지만, 그것보다도 국민으로서 현충원 한번 가보지 않으면 되겠느냐는 내 의지와 판단이 더 크게 작용했다.

이번 공모전을 지원하면서 많은 생각을 정리하고 또 정리했으며, 다짐했다. 우리나라를 위해 피땀 흘려 지켜주시고 보호해주셨던 선조들에게 정말 감사한 마음을 평생 갖고 살아가리라고 생각했다. 그래야만 한다고 생각하게 되었으며, 앞으로 우리도 후배들에게 터전을 아름답게 보존하기 위해서는 어떻게 해야 하려는 지에 대해서도 생각해보았던 계기가 되었다.

[지원접수] 완료 버튼을 누르고, [접수가 완료되었습니다!] 라고 문구가 뜨는 순간 얼마나 행복했는지 모른다. 이것이 지원하고 결과를 기다리는 사람들의 특징이다. 도전한 후에는 어떤 결과든 결과가 있다고 믿기 때문에 지원하고 도전하는 도전정신을 아끼지 않게 되

는 것이다.

　앞으로도 많은 지원과 도전을 통해 나를 이겨내기 위해 노력할 것
이다. 비록 어렵고 힘든 길이 되겠지만, 결단코 포기하거나 쉽게 주
저앉지 않을 것이다. 그럴 자신이 있고, 그렇게 해야겠다는 마음가짐
이 충분히 있기 때문이다. 이런 나와 함께 도전하실 분이 있다면 거
리낌 없이 말씀해주었으면 좋겠다. 정말 고맙고 또 감사할 것 같다.

08번째 도전기.
'내 인생의 세 번째 책 쓰기'

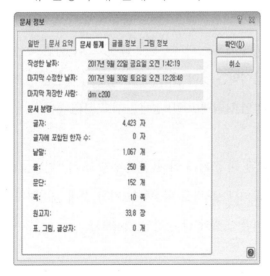

2017년 9월 30일 오후 1시 40분.

아마 쉽지 않으리라고 생각한다. 먼저 세 번째 책은, 〈아내의 희생〉 대본을 대본 도서로 출간하고자 함이기에, 내가 상상하거나 생각해서 쓴 소설이나 경영 도서에서는 3번째 책이라는 뜻이다. 출간 예정인 두 번째 책을 쓸 때도, 나는 일주일 동안 커서만 깜빡인 채 몇 줄도 채 쓰지 못했다.

그래서 나는 지금부터 시작하는 만큼 왠지 느낌이 좋다. 잘 쓸 수 있을 것 같다는 느낌이 들며, 초고를 완성해내겠다는 의지 하나만큼은 절대 놓지 않겠다는 열정으로 임할 것이다. 현재 시각 새벽 1시 정각이다. 새벽 감성에 젖은 채 내일의 출근에 싱숭생숭한 내 마음을 들여다본다.

이제 날이 바뀌어 오늘이 되었는데, 오늘도 물류가 많이 들어온단다. 그래서 더더욱 싱숭생숭해지는 나다.(ㅋㅋ) 그래도 출근하면 최선을 다하겠지만, 사람 마음이라는 것이 앉으면, 눕고 싶고, 누우면 자고 싶어지니까, 솔직히 추석 연휴(최대 12일) 전체를 쉬고 싶을 뿐이다.

오늘부터 제대로 시작된 책 쓰기에 다시 한번 완벽히 하겠다는 의지를 표명하면서 이만 줄인다. 노력은 행동하는 자를 절대 배신하지 않는다는 말의 힘을 다시금 느껴야 할 순간인 것 같다.

09번째 도전기.

'농민신문 신춘문예'

'농민신문 신춘문예 단편소설부문 응모작'
1. 원고분량: A4용지 15장 / 원고지 85매
2. 이름: 박상준 / 필명 '청초'
3. 주소: 경남 창원시 마산회원구 내서읍
　　　중리상곡로 114, 동신아파트 101동 508호.
4. 전화번호: 010-4915-8389

2017년 10월 10일 오전 11시 30분.

농민신문 신춘문예 [단편 소설부문]에 도전했다. 글을 쓰는 것이 어느새 내 삶의 일부가 되었다. 이 모든 것이 아버지 덕분인 것 같다. 정말 일기를 쓰지 않았더라면, 필기하는 습관과 메모하는 습관을 지니지 못했더라면, 아마 내가 소설을 쓰고 글을 쓰는 작가가 되고, 저자가 될 수 있었을까? 불가능했을 것이라 본다.

무언가에 도전하는 것이 즐겁다. 그것이 성공이든, 실패로 끝나든 그것은 중요하지 않다. 결과가 있으려면 도전이 있어야 하는 법이니까 말이다. 신춘문예에 당선되고 싶은 것이 나의 Dream List에 포함된 만큼, 반드시 완성할 것이다.

무언가를 얻기 위해서는 두려움을 떨쳐내어야 한다. '원했던 성과가 나타나지 않으면 어떡하지?'라고 생각하기보다 성과가 나오지 않는다면 또다시 기회가 생길 때 더 열심히 노력해서 성과에 다가가면 된다고 생각해보자.

그럼 용기가 생길지도 모른다. 이제 2017년 4분기에 접어든다. 1년의 결실을 모두가 원하는 대로 얻으면서 끝맺음하기를 진심으로 바라고 기원한다. 나와 함께 도전하는 삶으로 변화시켜보자.

제6장

⋮

봤지? 한마디 말보다
행동이 훨씬 중요해!
[네 번째 이야기]

'N giving up Generation'

Go for it with self-suession!

01번째 도전기.
'영남문학 신인문학상'

⭐ **영남문학 제 28회 하반기 신인문학상 지원합니다.** 🔗

🔼 **보낸사람** ⭐박상준〈myclup123@naver.com〉

　　받는사람 17-10-23 (월) 00:10

─────────────────────────

🔼 📎 **일반 첨부파일 1개 (30KB)** 모두 저장

　　⬇️☁️ 영남문학 지원작.hwp 30KB 🔍

안녕하십니까?

영남문학 28회 신인문학상에 지원하고자 합니다.
응모자 인적사항과 작품의 주제 및 내용은
한글 HWP 첨부파일로 업로드 하였습니다.

이상입니다. 감사합니다.

2017년 10월 23일 오전 01시 10분.

영남문학상에 지원을 완료했다. 나는 이런 스타일이다. 하나에 빠지면 하이에나처럼 쟁취할 때까지 끝까지 도전한다. 그러나 시는 정말 어렵다. 각기 다른 작품으로 문학상에 지원하는데도 불구하고 빈번히 불합격이라는 고배를 마셔야 했기 때문이다. 그러나 절대 포기하지 않겠다는 생각으로 끝까지 도전하고, 또 도전할 것이다.

10번 찍어 안 넘어가는 나무는 없다고 했다. 그러나 문학상은 다르다. 100번을 찍어야 넘어갈지, 1,000번을 찍어야 넘어갈지는 아무도 모른다. 단지 언젠가 넘어설 수 있을 것이라는 생각에 노력을 기울이는 것 외에는 뾰족한 방법이 없는 것이다.

나는 월요일 즉, 이제 오늘이다. 오늘 오전 출근이다. 정기휴무 다음 날인 오늘은 출근해서 진열도 평소의 1.5배를 해야 하며, 처리해야 할 상품도 많고, 신선도도 새로이 점검한다는 생각과 마음가짐으로 봐야 한다. 그런데도 나는 결코 포기할 수 없다는 생각에 자기 전에 또 한 번의 도전을 이루어놓고 잠을 자겠다는 마음으로 눈을 부릅뜨고 글을 쓰고 있다.

잠을 많이 자면 물론 피로함이 풀린다. 또한, 잠을 많이 자면, 남들보다 더 많은 꿈을 꿀 수 있다. 그러나 무언가를 완성하거나 이룰 수 없다는 것이 나의 생각이다. 특히나 일하는 날은 누구나 피로하다. 그러나 토머스 에디슨 역시나 수없이 많은 실패를 경험하면서도 누구보다도 성실하고 밤과 새벽 시간을 잘 활용한 대가로 불린다.

그의 노력이 세계를 바꾸고, 전구를 발명하는 데 있어서 혁혁한 공을 했다. 만약 그가 노력하지 않았더라면 아마 지금까지도 전구가 발명되지 않아 밤에는 불빛이 없거나 희미해서 무작정 잠을 자야 할지도 모르며, 조명공학의 발전으로 이어지지 않았을지도 모른다. 그래서 나도 노력한다. 언젠가 내가 포효하는 그날이 오기를 기다리면서 말이다.

02번째 도전기,
'제16회 광명문학상'

★ **제16회 광명 전국 신인문학상에 응모합니다.** ✎

⌃ **보낸사람** ★박상준<myclup123@naver.com>
　　받는사람 17-10-25 (수) 11:14

⌃ ⌀ **일반 첨부파일** 2개 (72KB) 모두 저장
　　⬇ ☁ 제16회 광명전국신인문학상 개인정보 제공동의서. hwp 60KB 🔍
　　⬇ ☁ 제16회 광명전국신인문학상 응모작. hwp 12KB 🔍

안녕하십니까?

제16회 광명 전국 신인문학상에 지원합니다.

1. 응모자 인적사항(별지)
2. 작품의 주제(내용포함)
3. 개인정보 제공동의서

위 3가지를 첨부파일로 업로드 하였습니다.

이상입니다. 감사합니다.

2017년 10월 25일 오전 11시 14분.

도전으로 하루하루를 보내고 있다. 내가 도전할 수 있는 이 모든 근간은 자기암시에 있다. 나는 할 수 있다는 생각이 밑바탕이 되지 않으면, 절대 쉽지는 않다는 말이다. 2017년 나는 내게 유서를 썼다. 2018년도에도 물론 1년을 마무리하는 시점에 쓰겠지만, 유서를 썼다는 것은 많은 의미를 담고 있다. 앞으로 더욱더 인생을 열심히 살겠다는 하나의 다짐이 아니겠는가?

나는 일상의 삶을 기록하는 란에는 나름대로 최대한 재미를 첨가하려고 하지만 꿈을 향하는 발걸음에서는 진취적으로 임한다. 그만큼 내게는 중요한 일이며, 회사 일도 중요하지만 내 개인 생활과 나를 업그레이드 시키는 것 또한 충분히 중요한 일이니까 말이다.

나는 내가 큰 가능성을 지니고 있다고 믿는다. 해보지 않고 어떻게 불가능으로 모든 공을 돌리려 하며, 또한 그럴 수 있겠는가? 그것이 나는 할 수 있다는 자기암시와 직결된다. 나는 앞으로도 도전할 것이다. 결코, 주저앉아 그때 왜 하지 않았냐는 생각을 2번은 하고 싶지 않다. 그래서 오늘도 이렇게 지원으로 하루를 보람차게 보내고 있다.

누구든 할 수 있다. 앞서 말해왔지만 하지 않고 슬퍼하지는 않았으면 좋겠다. 하면 되는 것을, 하지 않고 될까? 만 생각한다면 아무것도 이루어지지 않음을 반드시 명심해야만 한다. 일기를 쓰고 싶은데, 일기장을 사지 않았다면, 일기장을 사서 글을 쓰고 읽으며 느껴라. 그래도 불가능한가? 가능하지 않은가? 반드시 누구라도 자기가 원하는 길을 향해 도전의 화살을 쏘았으면 좋겠다. 명중할지 빗나갈지는 화살을 쏘아야만 결정된다는 것을 잊지 말자.

03번째 도전기,
'제16회 창작산맥 신인문학상'

★ 창작산맥 문학상 응모합니다. 🔗

▲ **보낸사람** ★박상준<myclup123@naver.com>
　받는사람 17-10-28 (토) 23:32

▲ 📎 **일반 첨부파일** 1개 (16KB) 모두 저장

　📥 ☁ 창작산맥 신인문학상(박상준). hwp 16KB 🔍

안녕하십니까?

창작산맥 문학상 공모에 응모하고자 합니다.
응모자 인적사항과 작품의 주제 및 내용은
한글 HWP 첨부파일로 업로드 하였습니다.

이상입니다. 감사합니다.

2017년 10월 28일 오후 11시 32분.

시작 신인상에 도전했다. 요즘 도전에 맛 들였다고 표현할 정도로 빠져들었다. 사실 쉽지만은 않다. 글을 써서 어디엔가 지원한다는 것은, 그만큼 창작을 해야 한다는 것과 같기 때문이다. 그러나 내가 원해서 하는 일인 만큼 글을 쓸 때는 신기하게도 집중이 아주 잘 된다는 것을 느낄 수 있다.

누구에게나 자신만이 좋아하는 일이 다 있다. 내가 글짓기와 문예 창작을 좋아하지만, 누군가는 책 읽기를 좋아하고, 누군가는 미술을 좋아하며, 누군가는 만들기를 좋아한다. 누군가는 행동으로 하는 것을 좋아해서 봉사 활동을 하며 보람차게 살아가는 사람도 있다.

나는 취업을 했다고 해서, 개인적인 생활이 없이 회사생활 이후 집에 와서는 잠을 자거나 그냥 멍하니 TV를 보며 시간을 보내는 일이 가치가 없는 일이라는 생각을 했던 것 같다. 사람마다 느끼는 것이 다르므로 생각하는 것도 다르겠지만, 나는 나 자신에게 그렇게 주문을 했던 것 같다.

그래서 도전이라는 것에 빠져들게 될 수 있었고, 행동으로 옮기면 모든 것이 이루어질 것이라는 바람과 목적이 뒷받침될 수 있었던 것은 아닐까? 이제 나는 오늘 저녁부터 신춘문예에 도전할 것이다. 신춘문예는 상금도 크기 때문에 큰 상금을 받아보고 싶다는 생각만을 해서라도 반드시 도전하고 뛰어넘어야 할 곳이다. 그렇기에 더욱더 박차를 가할 것이다. 모두가 가능한 자신만의 취미 만들기와 잘하는 일로 만들기에 나와 함께 뛰어들어보자.

04번째 도전기.
'2018. 경상일보 신춘문예'

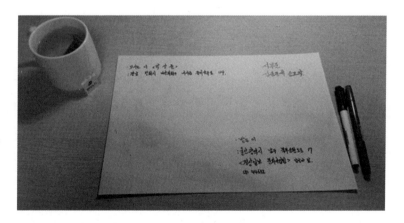

2017년 10월 30일 오전 01시 53분.

새로이 시를 창작하느라 머리가 아프기도 했다. 그러나 멈출 수 없었다. 오늘 하고자 하는 일을, 오늘 해내지 못하고 내일로 미루게 되면 더욱더 해내기는 어려워질 것이라는 결론과 생각 때문이었다. 사나이가 한번 시작했으면 썩은 무라도 자르고 끝을 내야 하는 것 아니겠는가 말이다.

나폴레옹은 말씀하셨다. "새로운 도전이야말로 살아가는 희망이다."라고. 희망을 품기 위해서는 끊임없이 도전하고 이루어내는 길 밖에는 답이 없는 것 같다. 내가 신춘문예에 도전하는 이유도 매한 가지가 아닐까 싶다.

봉투에 〈시 부문 신춘문예 응모작〉이라고 써넣고 완성한 작품을 출력해서 보는 내 마음이 너무나도 홀가분하다. 현재 시각 01:53, 새벽의 어둠 속에서 쓰는 글임에도 하나도 피곤한 줄 모르겠다. 이제 적응이 되었나 보다. 이제 다음 차례는 〈한경 신춘문예〉다. 중복 내용 지원은 있을 수 없으므로 새로운 내용의 시를 쓰려면 또 머리가 아플 예정이다.

그러나 괜찮다. 나는 해낼 수 있으니까. 결과는 해낸 후에 고배를 마시든, 성공적으로 끝이 나든 나오는 것이다. 그러니 자신이 좋아하는 일에 전념해보라. 나와 함께 꿈을 향해 나아가 보는 것은 어떨까? 오늘 한 선배로부터 "상준아 절대 꿈을 잃지 말아라."라는 말씀을 들었다.

만약 꿈을 꾸는 것이 잘못된 행동이라면 인생 선배들이 어찌하여 꿈을 갖고 살아가라고 가르치겠는가? 꿈이야말로 인생관과 살아가는 데 있어서 결정적인 역할을 하는 견인차라는 것을 명심하도록 하자.

05번째 도전기.
'2018. 동아일보 신춘문예'

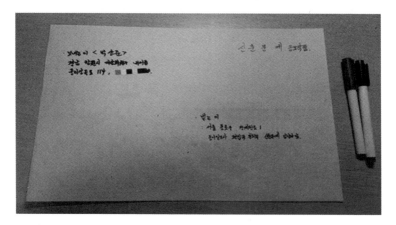

2017년 11월 07일 오후 01시 00분.

동아일보사 신춘문예에 도전했다. 박작가의 DREAM LIST에도 포함된 대한민국 3대 신문사 신춘문예 도전을 완료한 것이다. 기분이 좋았다. 내가 하고자 하는 바를 지원할 수 있다는 것, 얼마나 행복하고 좋은 일인지 해보지 않은 분들은 아마 모를 것이리라.

솔직히 꼭 당선되었으면 좋겠다. 그것이 사람의 욕심이다. 하지만 욕심이 너무 지나치게 되어 내 힘으로 할 수 없는 일까지 할 수 있는 일로 생각하지 않기 위해 마음을 다잡아야겠다. 지금부터는 진정한 신춘문예 철이다. 각기 다른 작품으로 내가 원하는 신문의 신춘문예에 빠짐없이 지원할 수 있도록 최선을 다해야겠다.

"하고자 하는 사람은 어떻게 하면 할 수 있을지에 대한 길이 보이고, 하지 않으려 하는 사람은 어떻게든 하지 않을 수 있는지에 대한 길이 보인다."라는 명언이 있다. 이 명언은 실로 옳은 명언 같다. 나도 하고자 하기에 어떤 일이든 도전할 방법이 보이고, 어떻게 하면 결과를 기다릴 수 있는 상태에 놓일 수 있는지를 바라볼 방법이 보이기 때문이다.

누구나 그랬으면 좋겠다. 할 수 있는 일을 먼저 찾아보라. 그리고 할 수 있는 일을 반드시 해야만 하는 일로 만들어라. 그래도 만약 실행하지 않는다면 의지 부족일 경우가 많으니 의지가 굳건히 할 수 있는 그런 자신만의 방법을 만들어야 한다. 그래야만 가능한 것이 꿈을 향한 발걸음이기 때문이다.

06번째 도전기.

'서울시인협회[월간 시 부문 공모]'

▼ 게시글 보기	카페북 페이지 보기		mycl.님에게 한마디
등록한 게시글 | 댓글 단 게시글 | 등록한 댓글			삭제한 게시글 ?
제목		작성일	조회
25717 청년시인상 응모의 건		2017. 11. 14.	3
전체선택		삭제	글쓰기

2017년 11월 14일 오후 01시 30분.

도전을 완료했다. 이제 이번 주에 쉬는 날부터는 신춘문예에 도전할 작품을 또다시 짓거나 써둔 작품 중 수정의 수정을 거듭해 우편으로 제출해야겠다는 계획을 세워본다. 나는 글을 장문으로 쓰는 것은 그래도 잘 쓸 수 있겠는데 '시'라든지 '한 줄 글귀'에 다소 약하다. 제목 짓는 것도 그렇고.

시에 도전하면서 얼마나 많이 생각에 생각을 거듭했는지 모르겠다. 감성을 담아 쓴다는 것이 쉽지만은 않았기에 더욱 그러했던 것 같다. 그래도 완성하고 도전했으니 얼마나 뜻깊고 좋은지 완성해보지 않은 분은 모른다.

나는 앞서 '누구나 할 수 있다.'라고 말씀드려왔다. 그러나 어제 지인분과 통화를 하던 중에 지인분께서는 내게 이렇게 말씀해주셨다. "누구나 할 수 있는 일이 아니야. 그건 자네가 그 일이 적성에도 맞고, 해낼 수 있다는 자신감이 그렇지 않은 사람보다 높고 뚜렷해서 그런 것일 수도 있다네."라고 말이다. 그래서 나는 달리 생각하기로 했다.

혹시라도 어떤 분은 누구나 할 수 있다는 말을 싫어하실 수도 있겠다는 생각에 앞으로는 이렇게 표현할까 한다. "자신감을 느끼고 도전하고자 하는 분이라면 누구나 할 수 있다."라고 말이다. 그러니 꼭 자신감을 가져보라. 그리고 원하는 분야로 도전이라는 배낭을 힘차게 메고 뛰어보라. 정말 많은 것들이 변화하고 바뀔 것이니까.

07번째 도전기,
'한민족 통일문예제전'

제48회 한민족통일문예제전 경남지역 입상자 발표

○ 통일부장관상

No	성 명	소 속	학년	제 목	비고
1	박성현	군북중학교	1	마음속의 허물어진 국경	전국
2	김혜빈	무학여자고등학교	2	나비가 되어	

○ 대한적십자총재상

No	성 명	소 속	학년	제 목	비고
1	고운지	신천초등학교	6	통일, 그 후 대한민국의 모습	전국

○ 민족통일중앙협의회의장상

No	성 명	소 속	학년	제 목	비고
1	정영우	가례초등학교	4	그땐 그랬었지	전국

○ 경상남도지사상

No	성 명	소 속	학년	제 목	비고
1	박서희	부림초등학교	4	태극기 바라보다	
2	진민경	호암초등학교	5	함께 열어갈 우리의 미래	
3	강혜안	봉래초등학교	4	화해와 같은 통일	
4	노연정	용마초등학교	4	통일 후 일상	
5	조수민	용호초등학교	4	통일	
6	김나영	무학여자중학교	1	새로운 삶	
7	안세라	석동중학교	1	어느날 갑자기 가족이 찾아온다면	
8	강나원	진주여자중학교	2	12월의 봄	경남
9	박준형	구암중학교	3	남북통일이 현실로...	
10	김세은	용남중학교	1	세월의 약속	
11	최송아	봉림고등학교	2	내 청춘은 또 다른 혁명의 시작이었다	
12	남유진	무학여자고등학교	1	넌 어떻게 생각해?	
13	조성미	삼문고등학교	1	전학생의 사랑	
14	노혜진	해성고등학교	3	우리에게 통일준비란?	
15	김은영	삼천포중앙고등학교	1	통일이라는 빛을 향한 첫걸음	
16	박상준	마산회원구 내서읍		꿈은 반드시 이루어진다.	

2017년 11월 15일 오후 06시 46분.

전화 한 통이 울려왔다. 당선 전화 연락이었다. "축하드립니다."라는 말씀을 하셔서 내 두 귀를 의심했지만 사실이었다. 문득 지원할 때가 떠올랐다.

어떻게 써야 할지 고민도 많이 했었고, 통일이라는 큰 주제였기 때문에 몇 번을 썼다가 지우기를 반복했었는지 모른다. 그러다가 완성하고 지원할 땐, 부디 당선을 희망한다는 소망과 함께 지원 버튼을 눌렀다.

올 한해 내겐 뜻깊은 당선 소식이 몇 차례 있었다. 어떤 지인분은 농담 반 진담 반으로 "썼다 하면 당선되네?"라며 축하한다고 말씀 해주셨고, 친구도 내게 "와.. 미쳤네. 정말."이라고 하며 축하한다는 뜻을 전해주었다. 그래서 참 고마울 따름이었다.

올해 운이 참 좋은 것 같다. 수많은 지원자 중에서 당선이라는 결과를 얻기가 쉬운 일만은 아닐 텐데, 아직 부족한 내가 그 영광을 받았다는 것은 운이 좋다고밖에는 표현할 수 없기 때문이다. 앞으로도 더 좋은 글귀, 만인이 가슴으로 공감할 수 있는 글귀로 모든 분께 다가갈 수 있기 위해 최선을 다해야겠다.

08번째 도전기.
'2018. 동양일보 신춘문예'

요금	우편번호	수취인
2,550	04519	조선일보
2,550	28334	동양일보

2017년 11월 20일 오후 01시 30분.

글 쓰는 게 왜 이리도 좋아진 걸까? 혹시 내성적인 성격이라서 그런 걸까? 아니다. 나는 내성적이지 않다. 봉사 활동 단체에서도 먼저 손을 들고 친구들을 모아 같이 봉사 활동을 하려고 하는 경향이 많다. 또, 혼자 여행을 가더라도 그 여행지에서 혼자 여행 온 사람이 있으면 거리낌 없이 말을 걸고 친구를 만드는 경향이 많다.

그렇다면 소심한 편이라서 직접 얘기는 못 하고 적어두는 편인가? 그것도 아닌 것 같다. 앞에서 대놓고 얘기해버리고 그 시간이 지나면 딱히 그 일을 곱씹거나 기억하려 하지 않기 때문이다. 속에 담아두면 터져버릴 것만 같기도 하고, 딱히 내가 추구하는 스타일도 아니라서 더욱이 그렇지 않다고 말할 수 있다.

가만히 생각해보면 사회생활 속에서 생기는 스트레스, 나만의 심경고백 등을 표현하고 싶은 욕구가 글쓰기로 나타나는 것 같다. 술을 마실 때도 머리만 아프지 풀리지 않는 스트레스가 글을 원 없이 쓰고 나면 잘 쓰든, 못 쓰든 스트레스가 확실히 다 풀리는 느낌이 드는 경우가 많으니까. 그 스트레스 풀기용으로 시작했던 글쓰기가 이제는 내 삶의 전반적인 동반자가 되었다.

문학상에 당선이 되기도 했으며, 작가가 되었고, 자기 경영서를 쓰게 되기까지 했으니. 그리고 이제는 복잡한 심경을 글로 풀어쓸 때, 어떤 식으로 풀어쓰면 될지에 대해 쓰기 전에 요약정리가 자연스레 되기도 하니 글쓰기에 대한 내 사랑이 얼마나 집중되어 있는지 알 수 있을 것이다.

이제 대한민국 문학계의 사법고시라 불리는 신춘문예에 도전한다. 포부가 큰 만큼 도전하고자 하는 열정을 아끼고 싶지가 않아서다. 자신이 원하는 일에 적극적으로 도전하는 것만큼 아름답고 꿈을 이루기 쉬운 지름길은 없다는 것을 꼭 생각해주길 바란다. 나 역시 마찬가지로 다시금 가슴에 새겨 열정이 식지 않을 수 있도록 최선을 다할 것이다.

제7장

⋮

이젠 우리 함께 '시작
(START)'이라고 외쳐볼까?
[다섯 번째 이야기]

'N giving up Generation'

Go for it with self-suession!

01번째 도전기,
'2018. 조선일보 신춘문예'

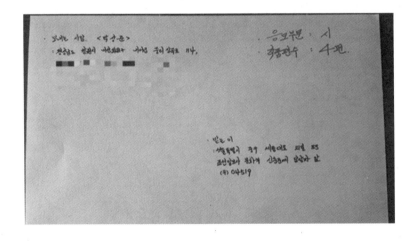

2017년 11월 20일 오후 03시 30분.

신춘문예 철이 최고조에 다다르고 있다. 거의 모든 신문에서 문학계의 등용문이라 불리는 신춘문예 접수가 진행되고 있기 때문이다. 나는 정말이지 시가 가장 어렵다. 수필이나 소설처럼 장문 형태의 글은 어렵게 생각하지 않고, 풀어서 누구나 이해하기 쉽게 쓰면 되지만, 시라는 것은 A4용지 1장이 채 되지 않는 분량에 감성과 모든 오감을 집중시켜서 써야 하기 때문이다.

이번에 조선일보에 제출할 시를 작성하면서 정말 나의 모든 감성을 쏟아부었다. 그래서인지 다 쓰고 나니까 머리도 아팠고, 혼이 빠져나갈 듯 멍해지기도 했다. 감성을 좀 더 살리기 위해 박효신의 감성적인 노래들과 지아의 노래를 수없이 들으면서 4편을 완성했다. 심사위원들이 보기엔 부족할지도 모르겠지만 일단 무작정 뛰어들었다.

결과가 어떻게 나올진 모르겠다. 사실 당선이 되면 두말할 것도 없이 좋겠지만 안 된다고 하더라도 여한은 없다. 더 배우려고 노력하고, 여러 시인이 쓴 시집을 가까이하면서 윤곽을 잡아가는 것 외엔 달리 방법이 없으니 더 노력하는 수밖에 없질 않겠는가. 나는 조선일보 지원에도 이렇듯이 최선을 다했다.

02번째 도전기,
'2018. 샘터상 생활수기부문'

★ **2018년 샘터상(생활수기부문_박상준) 응모합니다.** ⬚

▲ **보낸사람** ★박상준〈myclup123@naver.com〉

　　받는사람 〈17-11-24 (금) 08:13〉

▲ 📎 **일반 첨부파일** 1개 (30KB) 모두 저장

　　⬇ ☁ 2018 샘터상.hwp 30KB 🔍

안녕하십니까?
2018년 샘터상(생활수기부문)에 지원합니다.
작품내용은 첨부파일로 업로드 하였습니다.
이상입니다. 감사합니다.

2017년 11월 24일 오전 08시 13분.

샘터상 생활수기부문에 도전했다. 생활수기부문이라 광범위했지만 그래도 나름대로 최선을 다해서 적었다. 나는 좋은 생각 청년 이야기 대상 공모전에서 2, 3차례 탈락의 고배를 마셔야 했지만, 결코 입상해보겠다는 목표를 잃지 않았다. 그래서 얼마 전, 제 2017년도 청년 이야기 대상의 공모전에서 입상할 수 있었고, 상패와 비타민을 선물로 받았다.

도전이라는 것은 한번 맛을 보면 무한한 것 같다. 하고 싶은 일을 해낼 수 있다는 강한 자신감도 생기며, 자신의 자존감 상승에도 큰 역할을 한다. 어떤 일이든 잘못된 일이 생기면 내 탓인 것만 같아 미안함을 느끼며 살아왔던 지난날보다 지금의 나는 내가 생각해도 많이 좋아졌다.

도전을 통해 자존감 저하를 극복할 수 있게 된 것이다. 이번 생활수기공모전에 입상할지 입상하지 못할지는 아무도 알 수 없다. 그러나 이번에 만약 당선의 운이 따르지 않는다면, 약속할 수 있는 사실은 내년에 또 지원할 것이라는 점이다. 보라. 도전하면 결과가 따른다. 탈락하면 사유를 분석해볼 수도 있고, 나만의 합격전략을 세울 수도 있다. 이 얼마나 좋은 일인가. 그러니 누구나 도전을 즐기는 사람이 되었으면 좋겠다.

03번째 도전기.
'Seven STAR 가요제'

⭐ 세븐스타 가요제 참가합니다! ▣

▲ **보낸사람** ⭐박상준 ‹myclup123@naver.com›
받는사람 ‹7starcoin@naver.com›
17-11-24 (금) 20:04

📎 **대용량 첨부파일** 1개(564MB)

⬇ ☁ 20171124_190407.mp4 564MB
다운로드 기간: 2017/11/24 ~ 2017/12/24

· 점포위치: 마산본점
· 가수 및 곡명: 현빈 - 가질 수 없는 너

이상입니다! ㅎㅎ
세븐스타! 영원히 사랑받길 기원합니당!!! ㅎㅎ

2017년 11월 24일 오후 08시 04분.

나는 노래 부르기를 좋아한다. 오늘따라 돈 때문에 스트레스를 받았다. 그래서 동전 노래방에 갔다가 가요제를 한다고 해서 냅다 참가의 뜻을 표현해버렸다. 주저하다가 한번 나가볼 걸 그랬나 하는 후회는 하지 않고 싶어서였다. 이제 다시 밖으로 돌아다니는 일보다도 가요제 지원을 끝으로 다시 신춘문예 지원을 마무리해야겠다. 대한민국 문단은 그래도 신춘문예에서 당선된 사람들이 인정받는 경우가 많다는 분석 때문이다.

나는 예전에 슈퍼스타K4에 참가했던 적이 있었다. 다른 이유 때문이 아니라 한 친구와 인천 차이나타운을 여행하기로 했던 것이 빌미가 된 셈이다. 인천으로 올라갔던 우리는, 삼산 월드체육관에서 예선전을 치른다는 정보를 입수하고 즐길 요량으로 새벽 4시 30분부터인가 가서 줄을 서 있었다. 그때부터 이미 돗자리를 깔고 누워 계신 분이 계셨으니 젊은이들의 심장을 불태우는 이른바 열정의 오디션이었다.

비록 그때 결과는 탈락이었지만, 작곡가들 앞에서, 심사위원들 앞에서 노래를 부를 기회가 주어진 것만으로도 얼마나 행복했는지 모른다. 그때의 기억을 나는 또 한 번 느껴보고 싶었다. 앞으로 동기부여 강사가 되고자 하는 '나'이기에 자신감을 끌어낼 수 있는 중점적인 요소로 작용할 수 있겠다는 판단까지 서서 더욱더 참가해보고 싶었다.

항상 이야기했지만, 결과는 어떻게 될지 모른다. 그러나 도전해놓고 결과를 기다리는 것은, 설렘도 얻을 수 있고 결과에 대해 기대도 해볼 수 있으므로 자존감 상승작용에 큰 효과를 발휘할 수 있게 된다. 그러니 도전해보라. 비록 작은 가요제이지만 혹시 아는가? 실력을 인정받아 수상하게 될지 말이다. 길고 짧은 것은 대보아야 아는 것임을 반드시 명심하자.

04번째 도전기.
'2018. 문화일보 신춘문예'

문화일보 신춘문예

[별지]
1. 응모부문: 시 부문
2. 주소: 경남 창원시 마산회원구 내서읍 중리상곡로 114.
3. 성명: 본명(박 상 준), 필명(청 초)
4. 연락처: 010-4915-8389
5. 응모편수: 4편

2017년 12월 01일 오후 04시 00분.

새로운 시를 쓰는 일에 또다시 하나의 취미를 갖게 되었다. 나는 충분히 도전할 수 있는 일을 안 하고 할 것이라는 후회를 하고 싶지가 않다. 너무나도 후회를 많이 해봤고, '왜 공부하지 않았을까….'라는 아쉬움을 학창시절과 20대 초반에 많이 느껴보았기 때문이다. 그래서 두 번은 같은 실수를 되풀이하고 싶지 않다.

나는 참 비교를 많이 당하면서 살아왔었다. 비록 그 비교가 따지고 보면 내가 안 했다는 것이겠지만, 여동생에게조차 비교를 당해야했다. 나는 전문계로, 여동생은 인문계를 갔다는 이유로, 공부를 못한다는 이유로, 동생이 영어교육학과 즉 사범대에 갔다는 이유로 친척들도 나한테는 축하한다는 전화 한 통 없었지만, 여동생에게는 미국에 사는 큰외숙모까지도 전화로 축하를 해주었다.

나는 항상 국가시험에 응시할 때마다 될 수 있을 선의 시험이겠냐는 반문이 돌아오기 일쑤였지만, 여동생은 사범대 갈 정도면 어느 정도의 시험은 되지 않겠느냐는 반응이라 내 자존감은 바닥을 쳤고, 악에 받치게 되었다. 비록 여동생이 내게 그런 것은 아니지만 괜히 잘하고 있는 여동생이 미워지기까지 했다.

중학교 다니던 시절, 휴대전화가 없을 때였는데 친구가 집으로 놀자고 전화가 왔던 적이 있었다. 그때 아버지께서는 내가 보는 앞에서 전화를 대신 받더니 친구에게 "우리 아들은 실업계에나 갈 자식이니까 인문계에 가서 잘될 너희랑 놀 그릇이 못 된다. 그러니 우리 아들이랑 놀지 마라."라고 말씀하셨다. 너무나도 충격이 심했고, 상처를 받았었다.

대학에 갈 때도 "친구네 아들은 성균관대에 수석 입학을 한다.", "고려대에 간다더라!"라고 하시며, 끝까지 내 자존감을 무너트리셨다. 공부에 흥을 느끼지 못했고, 왜 해야 하는지를 몰랐을 뿐이었는데 나는 이유 없이 위와 같은 뭇매를 맞아야 했다. 나 자신도 그땐 내가 잘하면 이상한 것이지 라는 생각이 절로 들 정도였으니 정말 심했던 때였다.

그러다 내가 어느 날 첫 도전을 하던 날, 좋은 성과 덕분에 처음으로 아버지께 인정을 받게 되었다. 성과를 내어야만 인정받는다는 생각이 들어서인지 놓치고 싶지 않았던 때도 있었다. 지금은 나 스스로 감정조절과 심리조절을 하려고 노력하다 보니 이제 긍정적인 마인드로 뒤바뀔 수 있었지만, 예전엔 정말 악에 받친 사람처럼 무조건 해야 한다는 생각도 많이 했었다.

겉으로 잘 웃는 사람이 상처가 많은 법이다. 앞으로도 지금과 같은 마음가짐을 갖고 열심히 노력하되, 악에 받쳐 있는 것 같은 모습은 없앨 수 있도록 최선을 다해야겠다는 생각이 든다. 이렇게 나는 문화일보 신춘문예에 도전했고 이제 결과가 나올 때까지 여유를 가져보아야겠다.

05번째 도전기,
'제8회 조영관문학창작기금 공모'

★ 제8회 조영관문학창작기금 작품 공모합니다. (응모부문: 중편소설) ☑

📧 **보낸사람** ★박상준 <m yclup123@ naver.com >
   받는사람 <realist-100@ hanm ail.net>　2017-12-02 (토) 11:27

📧 📎 **일반 첨부파일** 1개 (74KB) 모두 저장

　　📥 관상가의 아내(중편소설).hwp 74KB 🔍

　　응모자 인적사항
　　1. 이름: 박 상 준
　　2. 주소: 경남 창원시 마산회원구 내서읍
　　　　　중리상곡로 114, 동신 ▮▮동 ▮▮▮.
　　3. 연락처: 010-4915-8389

　　안녕하십니까?
　　제8회 조영관문학창작기금 작품 공모전에
　　응모하고자 합니다.

　　작품 내용은 파일로 첨부하였습니다.
　　이상입니다. 감사합니다.

2017년 12월 02일 오전 11시 27분.

중편소설 써뒀던 것이 있었다. 잊고 있다가 찾았다. 그래서 수정 작업을 거쳐 지원을 완료했다. 단편소설보다 오히려 중편소설이 쓰기에 어려움은 덜하다. 이야기할 때도 말을 짧게 하는 것보다 조금은 풀어서 설명하는 것이 이해도 빠르고 마무리도 좋은 것처럼 말이다.

나는 보통 소설을 쓸 때, 단편이든, 중편이든, 장편이든 영감이 오거나 우연한 상황에 글감이 떠오를 때 쓰는 경우가 많다. 관상가의 아내라는 소설을 쓸 때도 혼자 영화를 보러 갔다가 관상가분을 만나 뵙고 그분의 이야기를 듣다가 떠오른 느낌이 글로 이어진 것이다.

그런데 글을 완성하게 해준 것에 대한 감사함을 표현하기 위해 다시 그분들이 전해준 명함이나 알려준 위치로 이동해보면 안 계시거나 명함에 표기된 회사는 온데간데없는 빈 건물인 경우가 많았다. 참 신기한 노릇이다. 신선께서 내게 선물을 주고 가셨다고 믿어도 이상할 만큼 말이다.

이번 조영관 문학공모전에 지원할 수 있었던 것도 그 관상가님 덕분인 만큼 다음에 꼭 한번 만나 뵐 수 있는 날이 오면 감사했다고 식사 한 끼 대접해드리고 싶다. 만약 당선까지 할 수 있게 된다면 더 맛있는 식사 한 끼 대접해드리면서 정말 고맙다는 말씀도 함께 드리고 싶고 말이다. 부디 한 번쯤은 만나 뵐 수 있게 신께서 기회를 주셨으면 좋겠다.

06번째 도전기.
'2018. 세계일보 신춘문예'

2017년 12월 03일 오후 04시 00분.

'나는 할 수 있다.'라는 생각으로 최선을 다했다. 나의 드림 리스트이기도 한 신춘문예 당선이기에, 도저히 포기할 수가 없었고, 하루하루 시간이 그냥 흘러가는 모습을 볼 수 없었다. 그래서 일을 마치고 집으로 돌아와서 쓰기 시작했다. 내가 지원하고 싶은 신춘문예 일정이 모두 끝나고 나면, 박작가의 올해 도전도 아마도 마무리되지 않을까 싶다.

절대 중복지원은 하지 않는다. 그래서도 안 될뿐더러 그렇게 하고 싶은 마음도 없기 때문이다. 회사로 출근할 때 휴대폰으로 메모장을 켜서 글을 쓰고, 마치고 집으로 돌아올 때, 택시 안에서 휴대전화로 글을 쓰면서 틈틈이 완성한 글귀이기에 솔직히 더욱더 당선되고 싶은 마음이 크다.

부디 원하는 결과로 이어질 수 있었으면 좋겠다. 노력과 성공은 비례한다는 데 말이다. 만약 올해 내가 신춘문예에 당선된다면 내 블로그를 방문해주시는 소중한 분 중 추첨을 통해 10명에게 엔제리너스 커피 쿠폰을 선물로 드릴 수 있도록 하겠다. 그만큼 절실하고, 해내고 싶다는 것이다. 꼭 10명을 추첨할 수 있는 영광이 내게 찾아와주었으면 좋겠다.

07번째 도전기.
'비룡소 스토리킹 공모'

2018년 제6회 스토리킹 응모 양식				
작품 제목	피어나는 향락		**접수 번호**	** 비워 두세요.
응모자	이 름	박상준		
	연 락 처	주 소	(630-761) 경상남도 창원시 마산회원구 내서읍 중리상곡로 114	
		전 화		
		핸드폰	010-4915-8899	
		전자우편	myclup123@naver.com	

2017년 12월 04일 오후 01시 30분.

목표를 나름 튼튼하게 세워둔 덕에 시간대별로 다른 나만의 숙제를 하나씩 완료할 수 있었다. 그랬기에 무리 없이 공모전 지원도 가능했던 것이고. 또 한 편의 소설 수정을 완료할 수 있었다. 얼굴엔 웃음꽃이 천천히 피어오르기 시작했다

무릇 자신이 원하는 무언가를 성공적으로 완성하기 위해서는 자신과 싸움 즉 노력이 없어선 안 된다. 노력이 없이 무언가를 이루고 싶다는 생각을 하게 될 땐 노력을 통해 실질적으로 이루어가는 사람들을 부러워하게 되고, 그러다 보면 자연히 시기 질투가 늘어갈 수밖에 없는 것이 사람이기 때문이다.

나는 블로그에 여러 글을 올리면서 항상 노력이라는 글자를 빼놓지 않고 적어왔다. 그만큼 그냥 가만히 있는데 이루어지는 것은 아무것도 없다는 것을 말씀드리기 위함이다. 직장생활도 하면서 틈틈이 자기계발을 통해 꿈을 이루어간다는 것은 자신과의 혹독한 싸움을 승리로 끌어낼 수 있는 정신력과 행동력을 가지지 못하는 한 거의 불가능하다고 볼 수 있다.

뜻했던 바를 완성하지 못하는 이유는 '힘들어서….', '일 마치고 나

면 피곤해서⋯.', '친구들과 놀다 보면 시간이 없어서⋯.' 등과 같이 여러 가지 이유가 있지만, 가장 큰 원인은 그만큼 이루어내고자 하는 간절함이 없다는 것이라고 볼 수 있지 않겠는가. 자신감이 없고, 두려운 분들은 지금 당장 외쳐보라. "내가 내 꿈을 향하겠다는데 도대체 무엇이 두려운 건데?"라고 말이다.

08번째 도전기.
'2018. 머니투데이 경제신춘문예'

★ **제 13회 머니투데이 경제신춘문예에 지원합니다.** ⬚

▲ **보낸사람 ★박상준** <myclup123@naver.com>

받는사람 <olympiad@mt.co.kr> 2017-12-07 (목) 07:14

▲ ⬚ 일반 첨부파일 1개 (22KB) 모두 저장

⬚ ⬚ 경제신춘문예 응모작품.hwp 22KB ⬚

안녕하십니까?
제13회 머니투데이 경제신춘문예
공모전에 응모하고자 합니다.

작품 내용과 인적사항은
파일로 첨부하였습니다.
이상입니다. 감사합니다.

2017년 12월 07일 오전 07시 14분.

마지막 도전의 횃불을 당기게 될 것 같다. 아직 신춘문예 중 지원 기간이 1주일에서 많게는 10일 정도까지도 남은 곳들이 있으므로 단정 지을 수는 없어도 거의 내가 생각해도 이번 경제 신춘문예를 끝으로, 신문의 신춘문예 도전은 막을 내리게 될 것 같다는 생각이 든다.

2017년도 참 파란만장했다. 신춘문예 도전의 마지막 여정을 끝마치기까지 수없이 도전하고 지원하기를 반복했다. 그 과정에서 당선과 탈락을 교차적으로 맛보기도 했고, 많은 느낀점을 얻을 수 있었다. 그중 가장 큰 교훈과 느낀 점은 "노력하지 않으면 결코 자신을 바꿀 수 없다."라는 것이었다.

나는 현재의 내 모습에 체념하기가 싫었다. 나라고 해서 사장이 되지 말라는 법도, 교수가 되지 말라는 법도, 노벨문학상의 주인공이 되지 말라는 법도, 한강 선생님의 뒤를 잇는 맨부커상의 수상자가 되지 말라는 법도 없는데 왜 취업이 됐으니 하나만 바라보고 집중을 하라는 건지 이해하기도 싫었다. 그래. 어렵겠지. 힘들겠지. 이루기 쉽지 않겠지. 그런데 그건 누구나 아는 사실 아닌가? 참 의아하다.

나는 올해 운과 실력을 인정받아 신춘문예에 당선되어 주목을 받게 될지도 모른다. 왜냐하면, 도전했기 때문이고, 완성을 시켜냈기 때문이다. 이로 인해 당선될 수도 있다는 것을 기대할 수 있고, 명분이 있으며, 당당히 말할 수 있는 권리가 있다. 물론 탈락할지도 모르며, 좋지 않은 결과의 연속일지도 모른다. 그러나 그것은 실력을 더욱 더 갈고닦으라는 뜻이며, 1단계 업그레이드할 수 있는 지름길이 될 수도 있다.

"도전하고 또 도전하라. 될 때까지 도전하라!"라고 말씀하셨던 나폴레옹의 명언을 나는 정말 좋아한다. 2015년도에 도전했지만, 실패를 맛봐야 했고, 2016년도에 다시 도전했지만, 또 한 번의 실패로 끝나야 했다.

그러나 2017년에 아픔을 딛고 또 한 번 도전했더니 승리, 당선 또는 성공적인 결과를 얻을 수 있었다고 가정한다면, 15년도, 16년도에 이루지 못했다고 해서 영원한 실패자일까? 아니라는 것이다. 이것이 내가 도전하는 이유와 명분이며, 할 수 있다는 의지를 불태우는 가장 큰 소명이다.

꼭 기억하자. 어떤 일을 탈락했을 때, 혹은 실패로 끝났을 때 그 결과는 본인 몫이지만, 다시 말해 성공하거나 승리했을 때 역시나 그 결과는 본인이 얻는 것이라는 것을. 위기는 기회다. 자살의 반대 말이 살자는 것인 것처럼 말이다. 그러니 부디 해볼 것이라는 후회 대신 "원 없이 해봤어."라고 말할 수 있는 모두가 되었으면 좋겠다.

이로써 우리는 자기암시를 통해 도전할 수 있었던 41단계에 대해 모두 알아보았다. 자기암시를 원활하게 하기 위해서는 반드시 도전 정신과 끈기, 열정과 노력을 잃어서는 안 된다는 것을 가슴으로 느껴보자. 그리고 이 책을 다 읽으신 이상, 실행만이 남았으니 꼭 자기 암시를 생활화해서 스스로가 원하는 길을 개척해나갈 수 있는 사람이 되어보자. 그래야만 책을 쓴 나도, 책을 읽은 독자분들도 인생에 있어 큰 보람을 느낄 수 있을 것이지 않겠는가?

제8장

. . .

이 모든 것들이
가능하기 위해서는?

'N giving up Generation'

Go for it with self-suession!

01단계.
'따라 해보자. 나는 최고다.'

인류는 21세기 정보화 사회로 접어들면서 모든 일은 마음먹기에
따라 해낼 수 있다는 메시지를 많이 접해왔다. 그런데 나는 그렇게
말하고 싶지 않다. 마음먹기에 따라 다르다는 말은 어떤 면으로 보
면, 모든 행위에 대해 가능하다는 판단을 하게 함으로써 불가능했을
때, 또는 자기 자신에게 부담스러운 일일지라도 그것을 부담이 아닌
당연한 일로 받아들이는 억지 효과를 주기 위해서가 아니겠느냐 생
각 때문이다.

사람은 완벽할 수 없다. 신이 아닌 이상에야. 이는 연령대가 낮으면 낮을수록 더욱더 완벽해 보이려 할 수도 없다는 것을 방증하는 것이다. 꼭 무언가를 더 해야 한다는 부담감을 느끼지 않아도, 어떤 일을 잘해야만 한다는 두려움을 갖지 않아도 살아가는 데 크게 이상은 없다.

단지, 내가 책을 통해 말해주고 싶은 것은, 조금 더 자신이 업그레이드될 수 있기 위한 마음가짐 중에 자기암시라는 것도 있다는 것이다. 성공한 사람들, 또는 어떤 일을 완성해낸 사람들이 했던 행동들을 너무 분석하려 하지 마라. 솔직히 머리만 아프게 된다. 그러한 사람들은 애초에 태어날 때부터 유달리 강한 정신력이나 해낼 수 있다는 긍정적인 생각에 대한 요소들을 강점으로 갖고 태어났을 뿐, 절대 독자분들이 못 나서 그러한 요소들이 강점이 되지 못하는 것이 아니다. 말 그대로 태신(타고난 천성이 나타나 일상적인 습관이 된 것을 이르는 단어)이 그럴 뿐이다.

생각해보면 나도 위대한 분들을 분석하려는 태도를 참으로 많이 가졌다. 그러나 이상하리만치 그러면 그럴수록 오히려 스트레스만 가득해졌다. 그들이 행하는 대로 하려다 포기하고 싶은 마음이 들 때면, '역시 나는 안 될 사람인가?'라는 생각을 하고 우울해하기도 했었다. 그러나 시간이 지나면 지날수록 아래와 같은 생각이 들었다.

'그들은 그들일 뿐이잖아? 나는 내 나름의 방식대로 최고가 되는 방법을 찾으면 되는 것이지 않을까?'라고. 그래서 그 순간부터 나는 내가 최고라고 생각하기로 했다. 나를 좋은 쪽으로 더욱더 발전시키기 위해서는 세상을 향한 자존심보다 자신의 자존감 향상이 더욱 필요하다는 판단이 되어서였다. 그러니 여러분들도 한번 따라 해보자. '나는 최고다.'

02단계.
'그대는 지금도 충분히 훌륭해.'

자기암시라는 것은 자신을 일깨우는 것을 의미한다. 그러나 자기 암시를 실제로 하려면 시간이 제법 걸린다. 자신을 바꾸고자 하는 준비시간이 있어야 하기 때문이다. 그러니 그렇다고 해서 암울하게 생각하거나 속상해하지 마라. 이제부터 시작하면 되는 일이니까.

바보같이 자신을 한심스럽게 생각하지 말라는 뜻이다. 이 책을 읽고 계시는 것만으로도 자기 자신에게 자기암시를 하고자 하는 계발자의 피가 흐르고 있음이니 충분히 해낼 수 있다. 나는 항상 무언가에 쫓기듯 살았다. 꼭 놓치면 안 되는 일처럼 살았다. 학창시절에도 공부할 마음은 없었음에도 학원은 끝까지 다녀야 한다며, 10만 원 이상 내야만 하는 학원 비용을 3년 동안 고스란히 바치듯이 했다.

지금 다시 생각해보면 정말 왜 그랬을까 싶지만, 누구에게나 후회스러울 때는 존재한다는 것을 말하고 싶다. 인생에 답은 없다. 한번 태어나서 한번 죽는 것이 사람의 생이다. 그런데 어떤 인생을 잘 살았다고 말할 수 있는가? 다른 사람들에게 피해 주지 않고, 행복하고 즐겁게 살 수 있다면 그것이 바로 행복한 인생이고, 좋은 인생이다. 나도 지나간 시간을 되돌아보면서 자기암시도 충분히 중요하지만, 자신의 인생에 후회할 행동을 해선 안 된다는 것을 크게 깨달았다.

자기암시도 살아가는 데 있어서 중요한 면을 차지한다지만, 인생(人生)에 있어서 가장 중요한 것은 작은 일에도 행복을 느낄 수 있고, 내가 현재 가진 것에 만족할 줄 아는 높은 자존감을 통해 느끼는 행복이라는 것을, 지금도 나 자신은 충분히 훌륭한 사람이라는 것을 깨닫는 것이라는 것을 느낄 수 있었다. 세상에서 가장 못난 사람을 두고 '자기 자신을 비하하고 깎아내리는 사람'이라고 말한다. 이 세상에서 성공한 사람들의 근 90% 이상이 '나는 최고다.'라고 생각했던 높은 자존감의 소유자였다고 한다.

　토머스 에디슨을 보라. 어떠한가? 전구를 발명한 천재발명가로 통하지만, 그가 어리던 시절, 생각이 좀 다르다는 이유로 학교를 그만둬야 했고, 괴짜라는 별명을 달고 살아야 했다. 만약 그런 그가 자존감까지 낮았더라면 어땠을까? 과연, 발명왕이라는 별명을 얻을 수 있었을까? 자신과 싸움에서 이기기 위해서, 성공하기 위해서 자기암시가 중요하다지만 그 이전에 자신을 사랑하는 마음과 아끼고 존중하는 마음을 충분히 가지고자 노력하는 것이 훨씬 중요하다는 것을 꼭 알아주었으면 좋겠다. 그러니 지금 당장 외쳐보라. '나는 지금도 아주 훌륭해.'라고. 많은 것이 달라질 것이다.

03단계.
'너무 조급하게 생각은 말아.'

    지금의 이러한 내 모습으로 바뀌기 전에 있었던 일이다. 항상 무슨 일이든 조급하게 생각하는 것이 습관이 되어 있었다. 무언가를 빨리해내지 못하면 안 된다는 판단이 강하게 들곤 했다. 모든 것의 원인은 중학생 시절에 있었다. 따돌림을 당해본 경험이 있어서였는지, 누군가에게 쉬운 모습을 보인다거나 누구보다 못하는 모습을 보이면 '또 따돌림당하게 되겠지.'란 피해의식에 젖어있었다.

식은땀까지 흘려가면서 해야 한다는 강박관념에 시달리던 나를 고쳐준 분이 등장했다. 그분은 고등학교 담임선생님이셨던 이선목 선생님이셨다. 내게 항상 성격을 차분히 하라는 말씀을 많이 해주셨다. 그것보다 결정적인 계기가 되었던 것이 있다면, 청소시간을 끝마치고 집으로 돌아갈 때였다. 학년으로는 2학년 때였다.

교실 바닥을 왁스로 닦는 청소시간이었다. 종례시간에 말씀하신 것(왁스 청소하는 날이라는 사실)도 있고 해서 모든 책상과 의자를 교실 밖으로 꺼내고 깨끗하게 쓸고, 깨끗하게 닦았다. 그 사이 개구쟁이 급우들은 모두 도망갔고, 교실에는 종욱이라는 친구와 나만 남아 있게 되었다. 그래도 개의치 않았다. 창문까지 물걸레로 깨끗하게 닦고, 거울 등 최대한 완벽하게 청소하려 노력했다.

그러다 보니 자연히 시간은 많이 흘러갔다. 또 그날이 토요일이라 4교시만 하고 마칠 때였기에 선생님들도 다 퇴근하셨을 것으로 생각하고, 월요일에 말씀드려야겠다고 판단하면서 교문으로 걸어갔다. 당시 이선목 선생님께서는 교내 방송부를 전담하셨던 터라 늦게 퇴근하시다가 우리랑 눈이 마주치고는 의아한 표정으로 물어보셨다.

"상준아. 종욱아. 아니 너희들, 왜 아직 집에 안 갔어?"

"아~ 오늘 왁스 청소하는 날이라고 해서 하는 김에 이왕 시작한 거 깔끔하게 한다고 좀 늦었네요. 선생님"

"다른 애들은 그럼 다 교실에 있니?"

"아니요. 다 집에 갔습니다."

그때 선생님께서 우리를 보는 표정이 놀라움으로 바뀌셨다. 그날은 일단 집으로 바로 보내주셨는데, 이틀이 지난 월요일. 선생님께서는 조용히 우리를 부르셨다. 그리곤 음료수 캔 하나씩을 뽑아주시면서 말씀하셨다.

"상준아. 종욱아. 선생님이 정말 매우 놀랐구나. 보통 집에 가기 마련인데 그렇게 늦게까지 남아서 청소를 완료하고 가는 모습 생각보다 쉽지 않단다. 너희가 가진 최고의 장점인 것 같다. 특히 상준아. 그날처럼 항상 차분하게 생각하고, 평소처럼 조급하게 행동하지 말아라. 그것만 고치면 좋겠구나."

그때의 말씀 덕분이었을까? 조급하게 생각하고 행동하는 것을 고치기 위해 최선을 다했었다. 무엇이든 느긋하게 생각하는 방법을 터득하고, 하나하나 실천해나갔다. 그러다 보니 이제는 계획을 세우고, 일정에 맞게 움직일 수 있게 되었다. 조급함에서 느긋함으로 변하게 되고 보니 그 점이 내겐 강점이 되었고, 특유의 여유로움을 느낄 수 있는 상황으로까지 흘러올 수 있었다. 이렇듯 어떤 일을 진행하면서 조급하면 좋을 것은 없다.

내가 고칠 수 있었던 상황을 예로 들었지만, 내가 말하고자 하는 바는 자기암시 역시 매한가지라는 점이다. 처음부터 척척 잘 되면 좋겠지만, 습관으로 자리매김하지 않은 상황이라면 정말 쉽지 않다. 자기암시란 것 자체가 자신을 위해 암시(스스로 동기부여)를 불어넣는 것인데, 그로 인해 오히려 부담감을 느끼게 된다면 결코 자신을 위해 좋은 일로 자리매김할 수 없게 됨을 반드시 알아주었으면 좋겠다.

04단계.
'힘들 땐 언제든지 휴식을 취해.'

누구에게나 힘들 때는 존재하는 법이다. 힘들 때는 어떻게 해야
한다고 생각하는가? 노력을 통해 힘들지 않도록 극복해야 한다고
생각하는가? 내가 너무 나태하다고 생각하고 고쳐야 한다고만 생각
하지는 않는가? 나는 전자와 후자의 느낌과 생각을 모두 가지고 있
는 복잡한 형태의 사람이었다. 그래서인지 20대 후반이라는 지금에
와서야 제대로 느꼈다. 힘들 땐 답이 없으니 쉬어야 한다는 것을. 너
무 생활에 지치고, 해야 할 일들만 가득한 세상에 정면으로 돌파하

려고만 하고, 그래야 한다고만 배워왔으니 힘들 수밖에 없다는 것을. 군대에 다녀온 남자들은 흔히 알 것이다.

상관이 "힘드냐?"라고 물으면 "예, 그렇습니다."라고 대답할 수 있는가? 아니면 힘들어서 그러는데 조금만 줄여달라고 소원할 수 있는가? 그랬다간 개념 없다는 소리부터 정신상태가 썩었다는 소리까지 온갖 욕이란 욕은 다 들어먹게 되고, 상관 스타일이 신조어로 극꼰(극도의 꼰대)일 경우엔 몇 개월간 갈굼을 당하게 될 것이다. 힘들어서 힘들다 할 수 있고, 신이 아니고 기계나 로봇이 아니기에 체력이 부족하고 고통스러울 수 있음에도 그걸 표현할 수 있는 순간은 많이 없으니 당연히 더 가중될 수밖에. 이렇게 글을 쓰고 있는 나도 회사에 다닌다. 상사가 힘드냐고 물으면 "아닙니다."라고 얘기한다. 정말 아닐까? 솔직히 진짜 힘들다. 단, 있는 그대로 표현했다간 좋아하지 않을 것 같고, 기이한 사람인 것처럼 쳐다볼 것이 두려워서 반대로 대답할 뿐이다.

그래서 나는 나름대로 방법을 터득했다. '내 일이 아니면 하지 말자.', '적정선을 지키자.'라고. 선배의 일을 굳이 내가 하지 않아도 안 죽는다, 아무런 일도 일어나지 않는다, 내 일이 아닌데 못한다고 해서 누구도 뭐라 하지 않는다고 판단하기로 했다. 쉬는 날에 쉬어서 눈치 볼 바에 그냥 쉬고 나서 일하는 날 열심히 하자는 생각으로 바꾸었고, 어떤 행동을 할 때 이렇게 행동하면 상사가 싫어하지 않을까란 생각에서 모든 사람을 맞출 순 없다는 생각으로 바꾸었다. 그랬더니 놀라운 결과를 맞이할 수 있었다. 염려와는 달리 자유가 생겼다. 나만의 시간이 생겼고, 눈치를 보기보다 소신껏 말할 수 있게 되었다. 계속된 호의로 권리처럼 지친 생활을 영위하는 내 모습이 아니라, 권리도 호의처럼 느끼게 할 수 있게 되었다.

이 모든 효과는 정말 생각 하나 변화시킨 것으로 말미암아 시작된 것이다. 이제껏 상대방이 어떻게 생각할지만을 염두에 둔 삶의 방식 · 생활의 방식만 택해오다 보니 어떤 경우라도 정말 깔끔한 행복을 느끼기보다 눈치 보기에 바빴던 것이었다. 학교에선 자기 주관이 뚜렷한 삶을 살라고, 현실보단 꿈을 더 중시하는 삶을 살라고 배우면서도, 사회생활 속에서 또는 현실적인 순간의 연속들 속에서 그러지 못했던 것들 때문임을 깨달을 수 있었다.

너무 슬프지 않은가? 내가 살아가는 목적은 내가 살고 싶은 대로 살기 위해서다. 인간의 기본 권리는 왜 정해놓았는가? 기본적인 권리대로 억눌리지 말고 살 수 있도록 하기 위해서다. 소설가 이외수 선생님의 명언이 있다. "존버하세요." 그 뜻은 존나게 버텨라다. 어떠할 때에 있어서 마찰을 자주 빚는 상대가 있다면, 그 상대에게 '존나게 버텨보라'라는 뜻이라고 해석이 되었다. 분명 그 상대는 당신에게 바라는 요구사항이 많을 것이다. 이리 바뀌어라, 저리 바뀌어라. 이럴 땐 어떻게 할 것이냐, 왜 나한테 미리 언급 또는 보고 하지 않았는가?

그런데 상대가 그렇게 한다고 하더라도 개의치 말아보라. 정작 그 상대도 같은 시기였을 땐 다른 상대에게 버텨냈을 뿐이다. 혼이 날 때는 그 순간에 사과하고, 잔소리를 들으면 조금 덜한 행동을 한 것일 뿐이다. 인간은 태어날 때부터 각기 다른 성격으로 태어나고, 어떤 환경에서 자라왔는가에 따라 태도가 다 다를 수밖에 없다. 그런데 오로지 맞춘다? 그것이 가능할 것 같은가? 모로 보나 도로 보나 불가능할 것 같은 일은 불가능한 이유가 바로 그 점이라는 것을 꼭 가슴에 새기자.

불가능을 조금만 바꾸어도 가능해지는 사항이 아니라면 굳이 건드려서 분란을 일으키지 말자. 그리고 여유롭게 쉴 수 있는 시간마저 부족해지게끔 하진 말자. 근 30년을 살면서 가장 크게 얻은 교훈과 깨달음을 내 책을 읽어주는 고마운 독자, 당신들을 위해 말씀드린다.

05단계.
'무조건적인 긍정은 오히려 독이야.'

어떤 일에든 긍정적인 면은 필요하다. 하지만 긍정적이기만 해선
안 된다. 어려운가? 생각보다 별 것 아니다. 계속 긍정적일 수는 없
다고 생각하면 끝난다. 자기암시 방법도 마찬가지다. 꼭 해야 할 일
이거나 하고 싶고 되고 싶은 일인데 의지가 약해서 주저하게 되고,
추진력이 약해서라는 이유일 땐 자기암시가 정말 필요하다. 그러나
그 외일 땐 상황이 다르다.

모든 사람은 각기 잘하는 일이 다르고 틀릴 뿐이다. 국어를 못 하는데 수학은 자신 있을 수 있는 것처럼 만능이 될 순 없다. 내 주변에도 소주는 진짜 잘 마시는데 맥주는 쥐꼬리만큼도 못 마시는 친구가 있다. 신기할 정도다. 소주 주량은 5병인데 그보다 도수가 낮다는 맥주는 정말 한 모금만 마셔도 극도의 반응을 보인다. 그런데 그럴 때 과연 자기암시를 철저히 한다고 해서 가능해질까? 무난해질까? 아니 오히려 그 반대다. 우울감에 젖어 들 수가 있다.

　'자기암시면 다 된다는데…' 라는 상상 때문에 안 되는 자신을 비하하게 되고, 그러다 보면 슬퍼진다. 그게 심해지면 우울증까지 찾아온다. 그럴 땐 부정이 필요하다. 지금 내가 하는 이 상태가 최고의 상태라는 자기만족과 자존감을 높게 가져야 한다. 만약 노래를 잘하고 싶은데 타고난 성대 특성상 음치라면 오히려 재미있거나 활기찬 노래로 매력지수를 높이고, 잘 논다는 것에서 자존감 향상하면 되는 일이지, 굳이 노래까지 못한다고 해서 좌절하거나 민감한 반응을 보일 필요는 결단코 없다.

　'나는 최고다.'라는 생각을 가져라. 최고라는 말이 만능이라는 말은 아니기에, 최고라도 새로운 어떤 일에 도전하거나 이루고 싶은 일들을 진행할 때는 자기암시가 꼭 필요한 법이다. 기본적으로 스스로가 삶에 만족을 못 하고, 자신을 비하하거나 믿지 못한다면 과연 자기암시가 무슨 소용일까? 그래 봐야 안 되는 데란 생각만 가지게 될 뿐이다.

한번 비하를 하게 되면 걷잡을 수 없다. 좋은 현상은 유지하려면 정성과 오랜 시간이 걸리지만, 좋지 않은 현상은 훨씬 오래가기 때문이다. 그렇지 않은가? 소문이 매우 빠르게 확산하는 이유도 사람은 부정적인 것에 더 민감하게 반응하기에 쉽게 유혹당하게 되고, 또 믿게 되는 것이다. 그러니 무한 긍정인이 되겠다는 편협한 생각으로 비하와 부정을 받아들이는 결과를 맞이하지 말고, 냉정하게 현실을 바라보며, 자존감을 높이고, 어떨 때 긍정이 필요한지를 분석하는 능력을 갖추어 보자.

06단계.
'하기 싫을 땐 안 하는 자세를 가져.'

　하기 싫을 땐 안 해야 한다. 극도로 피곤할 때 무언가를 억지로 하려고 해서 이루어지는 일은 없다. 그러나 일반적으로 우리는 너무나도 "해야 한다."에 중점을 두고 있다. 회사에서는 후임이니까 당연히 선임이 시키는 대로 다 해야 한다고 생각하고, 무조건 해버리면 당시엔 마음이 편할지 모르겠지만, 나중에는 힘들고 피곤해진다.

　어떤 일을 성공적으로 마무리 짓기에만 집중하기 전에 자기 자신이 얼마나 지쳐있는지를 먼저 생각해보라. 무언가를 하려고만 하면 분명히 지치게 되는 것은 자명한 사실이다. 지치면 어떤 일도 할 수가 없다. 그럴 땐 그냥 하지 마라. 자기암시라는 것도 하고 싶을 때가 있고, 하기 싫을 때가 있다. 무한긍정도 좋지만, 잘못하면 그 긍정이 실패로 이어지는 계기가 될 수 있다.

한 예가 있다. 예전에 살을 빼기 위해 6개월간 매일 산에 오르겠다고 결심했던 이가 있었다. 그는 그것이 가능할 줄 알았고, 할 수 있다는 자신감만 있으면 얼마든지 해낼 수 있을 줄 알았다. 시작이 반이기에 시작은 했지만, 5일째 오르던 날 왠지 모르게 조금 쉬고 싶었다. 그래서 보통은 쉬는 구간이 아닌 줄기차게 오르던 구간에서 쉬었다. 조금만 쉬면 다시 올라갈 수 있을 것으로 생각했다. 그러나 생각처럼 되지 않았다. 올라갈 수 있을까 하는 의심이 수없이 들기 시작했고, 왜인지 모를 안 될 것 같다는 판단이 머릿속을 울렸다.

결국, 실패했다. 6개월은커녕 10일도 제대로 오르지 못했다. 그는 바로 나 자신이었다. 너무 무리한 계획과 무한긍정만으로는 아무것도 이룰 수 없다는 것을 뼈저리게 깨달을 수 있었다. 이로써 나는 어떤 일이라도 하기 싫을 땐 안 하는 자세를 가져야 한다는 것을 크게 알 수 있었다. 물론 처음부터 억지로 계획한 것은 아니지만, 무리한 계획부터가 잘못이었다는 것도 함께 말이다. 그러니 꼭 명심하라. 안 하고 싶을 땐 안 하고 싶다고 말하라. 그리고 하고 싶을 때까지 기다려라. 자기암시보다 중요한 것은 바로 자기 자신에 대한 존중이라는 것을 꼭 알아주었으면 좋겠다.

07단계.
'인생의 주최가 긍정만은 아니잖아.'

살아가다 보면 긍정적으로만은 살 수 없다. 현실이 냉혹하기 때문
이다. 현실은 마치 우리가 긍정적으로만 살아가는 것을 방해라도 하
려는 것처럼 현재에 안주하게 만든다. 그래서 대부분 사람은 현실
속에서 꿈이라는 단어와 긍정이라는 단어를 부정하다시피 하며 살
아간다. 그러나 나는 생각이 다르다. 긍정은 부정해선 안 된다. 단,
긍정만을 쫓아 현실감각에 지장을 주지는 말아야 한다고 생각할 뿐
이다.

나는 긍정에 관한 수많은 책을 접하면서 긍정만을 생각해야 하는 줄 알았다. 그런데 그럴 수가 없었다. 놀고 싶은 것도, 하고 싶은 것도 많았던 내게, 어느 한 곳에 정착하다시피 그 일만 파고들라는 것은 죽으라는 의미와 같아 보이기까지 했다. 회사에서는 다른 일보다 회사업무에만 치중해주길 바랐고, 일명 '쥐꼬리만 한' 봉급 받으며 여유까지 즐기지 못하는 삶을 살길 바라는 것처럼 느껴졌다. 그럴 때마다 오히려 '긍정적으로 생각해야지.', '박긍정이 그러면 되겠는가?'라고만 생각했다.

모든 일은 긍정적으로 생각하면 다 될 줄 알았다. 그런데 결과는 보기 좋게 다 놓치고 말았다. 직장인이니까 오로지 직장의 일만 보는 것으로 생각하다가 몸과 마음이 모두 지치고 말았고, 오히려 퇴근만 하더라도 보통의 직장인들보다 더 정시 퇴근을 하고 싶다는 지경에 이르렀다. "잘한다."라는 소리에 길들어지려고 했던 나머지, 선임들에게 모든 포커스를 맞추다 보니 내 일상은 당연화 되다시피 없어졌다. 그런데 문제는 아주 큰 스트레스가 되어 다가왔다는 것이었다. 그렇게 3개월이 지났을까? 더는 그러고 싶지 않았다. 일보다 나 자신이 더 중요하다는 것을 진정으로 깨닫게 되었다. 내가 없으면 억만금을 주는 일이라 해본들 아무 필요 없고, 소용없음을 알게 되던 순간이었다.

인생의 주최는 긍정이 아니라 나 자신의 행복이었다는 것을, 핏대까지 세워가며 살리고자 하는 자존심이 아니라 작은 일에도 만족할 줄 아는 자존감 향상이었다는 것을 비로소 깨우쳤다. 그 순간부터 바뀌기 시작했다. 과감하게 퇴근 시간에는 퇴근했고, 휴무 날에는 쉬면서 나의 여유를 즐겼다. 이곳저곳 국내 여행도 다녔고, 어떤 날은 휴대폰을 아예 꺼놓고 잠만 자면서 피로를 풀기도 했다.

그런데 놀라운 일이 생겼다. 무한한 긍정적인 마인드로 개선과 능력향상에만 신경 쓸 때보다 더더욱 행복하고 즐거웠다. 스트레스 지수도 확연히 줄어들었음을 느꼈다. 그리고 일할 때도 쉴 때 확실히 쉬고 나니까 오히려 능력은 더욱 향상되었다. 일에 대한 싫증도 덜 느꼈으며, 모든 것이 정상화되는 느낌을 확실히 받을 수 있었다. 비로소 나 자신을 사랑하면 모든 것이 달라진다는 것을 깨달을 수 있게 된 것이다. 혹시라도 긍정에너지의 과다분비로 힘이 들 때면 이 말을 기억했으면 좋겠다. '인생의 주최가 긍정만은 아니잖아?'

08단계.
'모든 것은 네 결정인 거야.'

이따금씩 선택의 부담감 속에서 살아간다는 것을 느낄 때가 있다. 그리고 그 선택 때문에 선택하지 않은 쪽의 삶은 누려보지 못하게 된다. 나는 꿈을 이루는 삶을 그리기 위해 순간의 즐김과 여유가 아닌 노력과 열정을 선택했다. 그 결과 열정적인 노력의 대가로 책 출간과 공모전 당선의 영광을 얻을 수 있었다. 누가 시키지 않았다. 열정과 노력을 택하라고 등 떠밀지도 않았으며, 협박하거나 강요하지도 않았다. 모든 것은 나의 선택이었다. 어떤 것이 옳다는 것과 틀리단 것을 정할 순 없다. 올바른 인생·성공적인 인생의 기준은 남이 정해주는 것이 아니라 자신 스스로 정해가는 것이며, 사람의 생은 일생이기 때문에, 어떤 삶이 옳은 삶인지를 누구도 장담하듯 말할 순 없는 것이기 때문이다.

나는 이 책을 읽어주시는 고마운 독자분들께 원하는 방향으로 결정해서 자신에게 후회 없는 인생을 살길 바라는 마음을 가질 뿐이다. 스스로 행복을 찾아가는 한 가족의 예가 있다. 바로 우리 가족이다. 그런데 하나같이 성향이 다 틀리다. 글쓰기를 좋아해서 작가이자 저자의 길을 걷고 있는 나와는 반대로, 운동을 좋아하셔서 휴무 날만 되면 산악자전거를 끌고 산을 타는 아버지, 친구들과 활기찬 여행을 신조로 삼고 즐기시는 어머니, 영어가 좋아서 영어 공부만 하고 살고 싶다는 여동생까지. 한 가족임에도 어떻게 이토록 다를 수 있는 것인지 신기할 따름이다.

더구나 누가 억지로 하라고 한 것이 아니기에 아버지께선 선수를 해도 될 정도로 산악자전거 전문가가 되셨으며, 어머니께선 국내와 해외를 점령이라도 하려는 듯이 여행계획을 세우고 계신다. 또한, 여동생은 영어교육학과로 진학해 정말 영어에 푹 빠져 살다 보니 외

국인과는 이제 수준 이상의 대화도 가능한 상태가 되었다. 우리는 한 가족이지만 서로의 취미를 존중하고, Win-Win 하기 위해 노력한다.

만약 스스로 행복을 가지려는 생각과 결정을 하지 않았다면 어찌 되었을까? 아마 지금까지도 가족이라는 이유로 집안의 크고 작은 일에만 전념할 뿐, 개개인의 행복은 생각할 수도 없었을 것이다. 서로가 하고 싶은 일을 찾고, 전념하게 되다 보니 자연히 긍정적으로 바뀌었다. 서로가 이루어가는 것들을 칭찬하고, 소통하면서 행복지수도 나날이 높아져만 갔다.

이렇듯 모든 것은 그대의 결정이다. 어떠한 삶을 살 것인가? 자존감을 드높여 행복을 느끼는 삶을 살 것인가? 드높은 자존감 속에서 자기암시를 시도해 성공을 바라는 삶을 살 것인가? 아니면 불평불만 가득한 삶을 살 것인가? '나는 안 돼'라는 생각을 토대로 원하는 것을 시도해보지 조차 못하는 삶을 살 것인가? 이 모든 것은 누군가 선택해주지 않는다. 좋은 선택을 할 수 있도록 도움과 조언은 해드릴 수 있지만, 반드시 명심하자. 어떤 삶을 살아갈지에 대한 모든 결정은 본인이 직접 한다는 것을 말이다. 모두가 본인이 원하는 삶을 진정으로 살아갈 수 있기를 진심으로 바라며, 소원한다.

"누구나 우여곡절은 있다."

    어떤 사람에게든 본인만의 우여곡절은 반드시 있는 법이다. 그러나 우여곡절은 잡아먹어야 하지, 결코 잡아먹혀서는 안 된다는 것을 꼭 기억하자. 책을 완성해가는 과정에서 내게도 참 우여곡절이 많았다.

    자기암시를 습관처럼 실행했지만, 막상 글로 풀어내려 하니 두뇌에 극심한 고통이 뒤따르기도 했고, 써놓고 저장 안 해서 다 날아가 버리는 바람에 같은 목차의 내용을 또 써야 하는 사태에 직면하기도 했다. 잠자는 시간을 아까워하다 보니 다크써클이 턱까지 내려와 그날그날 만나는 사람으로 하여금 사람이 되게 슬퍼 보인다는 말을 듣고 충격을 받아 화장품 가게로 직행하기도 했고, 내 경험담을 쓰면서도 창작의 고통만큼 심리적 압박감을 느껴야 했다.

그러나 끊임없이 내 마음을 다잡았고, 완성을 시켜냈다. 자기암시가 아니었더라면 저장 안 시켜서 애써 써놨던 내용이 참새가 날아가듯 날아갔을 때, 아마 포기하고도 남았을 것이다. 하지만 나는 내게 찾아온 우여곡절을 오히려 역이용했다. 힘들 때마다 왜 힘들어야 하는지를 곰곰이 생각했고, 그러다 보면 굳이 힘들 이유가 사라졌다. 누가 하라고 떠민 일이 아니라 내가 하고 싶은 일인데 힘들다고 생각한다면 이것이 바로 어불성설이기 때문이다.

우여곡절은 충분히 이겨낼 수 있다. 한 예로 여성 인권운동가 '헬렌켈러'는 태어난 지 19개월 만에 심한 병에 걸려 죽을 뻔했고, 그 여파로 인해 눈으로 사물을 볼 수 없고, 귀로 소리를 들을 수 없는 청천벽력 같은 고난과 역경이 찾아오기까지 했다. 그러나 본인만의 스타일과 더불어 철저한 자기암시로 장애를 앓았다는 마음을 이겨낼 수 있었으며, 1964년 자유의 메달을 수상하였고, 전 세계가 기억하는 위인으로 남게 될 수 있었다. 그리고 그녀는 아래와 같이 말씀하셨다.

"세상에서 가장 아름답고 소중한 것은 보이거나 만져지지 않는다. 단지 가슴으로만 느낄 수 있다."

과연 누가 헬렌켈러보다 더 힘든 우여곡절을 겪었노라, 더 심한 상처를 안고 있노라 말할 수 있는가? 이처럼 자신에게 찾아온 고난과 역경은 반드시 이겨낼 때 더 아름다운 것이며, 한 단계 업그레이드하는 발판이 될 수 있는 것으로 생각한다. 20대 청춘들이여. 이겨내라. 아프니까 청춘이더란 말처럼 자신을 변화시키고자 한다면, 현재 처해있는 상황을 슬기롭게 극복하고, 뛰어넘어야 한다는 것을 반드시 꼭 명심하자. 나 역시나 20대 청춘 중 한 사람인 만큼, 언제라도 힘들 땐 응원의 메시지를 보내드릴 테니, 아래 메일주소로 사연을 보내주시길 기원한다.

myclup123@naver.com

"현재를 살아가는 모든 청춘들이여! 힘내라."